Un amant si parfait

Maxime Linwood

Un amant si parfait

Nouvelle

© 2020 Maxime Linwood

Éditeur : BoD-Books on Demand
12-14 rond-point des Champs-Élysées, 75008 Paris
Impression : Books on Demand, Norderstedt, Allemagne

ISBN : 9782322191062
Dépôt légal : janvier 2020

*L'auteur tient à remercier particulièrement
Magali G. pour son soutien et
ses nombreuses suggestions.*

CHAPITRE 1

Paris – mars

Le soleil se levait et commençait à réchauffer la capitale de ses puissants rayons. Les rues étaient mouillées. Lisa Croisier regardait la balayeuse faire son travail sur les pavés. Elle aimait la fraîcheur du matin, mais attendait avec impatience l'arrivée du soleil qui réveillerait la ville. À l'aube, les rues étaient encore peu fréquentées.

Tous les matins, elle effectuait le même trajet pour se rendre à sa boutique en empruntant de petits chemins tranquilles.

Elle se sentait bien, en accord avec elle-même et avec ce qui l'entourait. Son corps élancé et sa fine taille, mis en valeur par la courte robe, distrayaient beaucoup de regards masculins en errance dans les rues de Paris. Lisa avait été gâtée par la nature. Bien qu'elle s'en moquât, elle connaissait son pouvoir de séduction sur les hommes. Elle savait en user. Parfois même en abuser. Quelquefois, Lisa tirait parti de ses atouts pour adoucir son entourage.

Elle jouait entre son côté femme autoritaire, ce qui n'était pas pour lui déplaire, et son côté femme enfant. Elle s'était rendu compte assez tôt que son corps était un puissant allié. Lorsqu'elle demandait quelque chose, il lui suffisait de sourire un peu pour obtenir ce qu'elle voulait. La gent masculine n'était jamais insensible à ses charmes, ce qui l'avait avantagée dans plusieurs situations.

En y réfléchissant, Lisa pensait que cette subtilité permettait à l'homme d'exprimer son autorité, son besoin de protéger, mais surtout de retrouver le sentiment maternel auprès d'une autre femme. Même les plus durs ne résistaient pas.

Sa mère l'avait mise en garde plusieurs fois lorsqu'elle commençait à être adolescente concernant le comportement masculin. Elle sut lui dire très tôt que les hommes n'étaient pas tous semblables, mais qu'il fallait se méfier.

Lisa continuait sereinement son chemin. Dans ces moments-là, elle aurait souhaité la compagnie d'un homme. Il y avait bien longtemps maintenant qu'elle n'avait pas eu de relations suivies et régulières. Cela lui manquait. Elle voulait partager ses joies, mais aussi ses peines, ses incertitudes et ses envies. Elle se sentait souvent très seule. Ce sentiment commençait à lui peser. La jeune fille avait besoin d'une compagnie masculine sur laquelle elle pourrait compter.

Malgré son éducation catholique traditionnelle, Lisa ne voulait pas se marier. Pour elle, le mariage ne signifiait pas grand-chose. Elle avait ses propres valeurs et le mariage ne faisait pas partie de ses projets. C'était un cheminement classique dans la société : trouver un compagnon, se marier, puis fonder une famille. Elle s'opposait pourtant à entrer dans ce carcan imposé par la bienséance.

Dans sa vie, un seul homme comptait et pour lequel elle s'était enflammée il y a bien longtemps. Il s'appelait Luc. C'était tout à fait le genre d'homme qu'elle aimait. Ils avaient grandi ensemble et Lisa ne lui avait pas révélé ses sentiments. Elle avait imaginé pour eux leur future vie à deux, leurs projets et décisions communes. Comme dans un film romantique, elle s'était déjà imaginée avec une grande maison, un chien et une vie heureuse. Elle s'était aussi vue vieillir à ses côtés, partageant les instants de bonheur auxquels elle aspirait.

Mais son histoire avait tourné court rapidement lorsqu'il lui avait appris son homosexualité après le début de l'adolescence. Ses espoirs s'étaient envolés après les quelques mots prononcés par Luc. Ses confidences ne furent pas aisées, mais il partageait tout avec Lisa et n'envisageait pas de continuer à lui cacher cette partie de lui-même. Elle le comprendrait et l'accepterait. Il en était certain. C'était la première personne à recevoir cette révélation. Même s'il ne savait pas pourquoi, c'était difficile d'en parler. Il avait honte et s'était caché lorsqu'il s'était rendu compte qu'il était différent des autres. Être différent, c'était être mis à l'écart de la normalité et de la majorité des gens. C'était aussi se confronter aux préjugés, à la méchanceté et à la peur de ceux qui ne le comprendraient pas.

À cette époque, Lisa et Luc étaient encore en classe de terminale. Plus les jours passaient, plus Lisa s'attachait à lui. Elle n'avait d'abord pas compris ce qu'elle ressentait. Elle passait du rire aux larmes sans raison. Elle guettait avec impatience son arrivée le matin. Lisa attendait fébrilement les moments où elle pourrait être à ses côtés. Chaque instant gagné illuminait sa journée.

Son cœur battait la chamade lorsqu'il lui parlait. Le soir, en quittant les cours, tout s'écroulait, car elle devait se séparer de lui. Elle sentait son cœur arraché par une force obscure et sombrait dans le désespoir. Lorsqu'elle se retrouvait dans sa chambre, des flots de larmes venaient remplacer les moments de bonheur de la journée.

Le temps s'écoulait et les instants passés ensemble s'allongeaient chaque semaine. Ils n'avaient aucune relation intime. Pourtant, Luc et Lisa passaient pour un vrai couple aux yeux des autres. Personne ne comprenait comment deux êtres pouvaient être aussi proches sans relations physiques consommées.

Au début, Luc et Lisa se donnaient la peine d'expliquer encore et encore le genre de relation qui les liait, mais las de ces efforts, qui souvent se heurtaient à un mur d'incompréhension, ils laissaient les autres penser ce qu'ils voulaient sans venir les contrarier dans leurs idées étriquées. Lorsque Luc lui avait parlé sans détour, il lui avait annoncé la vérité crûment. Après le choc de l'annonce, Lisa avait quand même essayé un peu plus tard de forcer les choses, testant ainsi sa prétendue homosexualité. Par de petits gestes tendres, elle avait tenté des rapprochements physiques et des effleurements. Sans succès.

Au fil du temps, son amour pour lui s'était gommé et avait laissé la place à un nouveau sentiment : l'amitié. Tout était clair aujourd'hui et le doute n'était plus possible.

Lisa s'était résignée, non sans mal. La douleur et la déception avaient été intenses. Plusieurs mois furent nécessaires afin de passer à autre chose. Après l'espoir, la colère et la tristesse, elle cessa le combat. Elle avait gardé pour elle ses émotions qui, au fil du temps, muèrent et s'adoucirent. Le plus important pour elle était de rester auprès de Luc. Quelle que soit la situation entre eux deux et ses sentiments pour lui, elle était incapable de s'éloigner de lui.

Plongée au cœur de Paris, Lisa continuait son chemin. Elle était prise parfois d'intenses moments de réflexion. En apparence, rien ne laissait présumer que son cerveau tournait à plein régime. Ce qui se produisait bien souvent lorsqu'elle se couchait, l'empêchant de trouver le sommeil avant plusieurs heures. Elle était incapable de mettre en pause ses idées.

Elle aimait ces rues, ces gens, ces monuments et ces odeurs. Pour Lisa, chaque nouvelle saison était l'occasion d'un renouvellement dans sa vie. Au fil de ses promenades et des années, elle constatait que tout autour d'elle se modifiait, se transformait. Elle accueillait le changement avec bonheur, symbole pour elle de nouveauté et de fraîcheur, mais ce qu'elle n'osait pas s'avouer, ce fut que ces nombreux changements la concernaient également. Son corps évoluait, son esprit se nourrissait de ses nombreuses expériences depuis sa naissance. Lisa avait conscience que chaque nouvelle année venait se greffer sur son corps, comme une maladie que l'on ne pouvait pas arrêter.

Depuis qu'elle était petite, elle profitait des échanges avec autrui pour scruter, observer et essayer de deviner leur comportement. Elle avait acquis une bonne pratique. Ses intuitions sur les personnes qu'elle avait rencontrées ne l'avaient jamais trompée. Lisa ne parlait pas beaucoup lorsqu'elle se fondait dans un groupe. Non pas par timidité. Elle prêtait attention à tout ce qui se passait autour d'elle et enregistrait les paroles et réactions des individus.

Elle était seule dans cette ruelle au charme typiquement parisien. Presque comme tous les matins quand elle se rendait à sa boutique, mais ce jour-là n'était pas un jour comme les autres. Elle s'était levée plus tôt. Pour fêter l'arrivée de l'été, elle avait décidé de réorganiser son magasin. Lisa voulait insuffler un air nouveau à son commerce et en réorganiser l'intérieur. Elle ne savait pas encore de quelle façon. Elle souhaitait avant tout du changement.

Lisa arrivait devant sa boutique de décoration et y entrait gaiement.

Ses parents, madame et monsieur Croisier, en avaient été les propriétaires jusqu'à ses dix-huit ans. Elle y avait grandi. Sa mémoire était truffée d'agréables souvenirs qu'elle conservait pour elle. L'acquisition de cette boutique de décoration n'était pas un don volontaire et généreux de ses parents. Cet héritage découlait d'un événement dramatique qui bouleversa sa vie. Ainsi que celle de ses parents.

Lisa perdit son regard dans le feuillage d'un arbre devant elle. Elle se remémorait ce dramatique vingt-six octobre.

CHAPITRE 2

Paris - Il y a plus de dix ans

Ce jour-là, Lisa était dans la réserve de la boutique de ses parents. C'était un peu son sanctuaire dans lequel elle venait toujours pour jouer l'exploratrice. Même si elle connaissait parfaitement les rayons, elle aimait poser ses yeux sur les nombreux cartons et objets qui y étaient disséminés.

Elle s'y était jetée plus vite que d'habitude. La pluie n'avait cessé de tomber. Les nuages gris et lourds ne quittaient plus la ville.

Comme d'habitude, elle se livrait à ses jeux favoris, courant dans les allées étroites de la remise, fouillant les cartons nouvellement déposés.

Ses parents venaient de recevoir un arrivage de lampes et d'horloges qu'elle devait ranger par couleurs et par tailles. Lisa s'occupait la plupart du temps des marchandises livrées. Mis à part les grosses livraisons, elle avait la charge des autres arrivées moins volumineuses. Ils lui faisaient confiance. Lisa avait pris goût très tôt aux petites responsabilités qu'ils lui laissaient.

C'était un gage d'autonomie et de responsabilisation que ses parents essayaient de lui inculquer le plus tôt possible. Dans un monde compétitif et de jugement, il leur était important que leur fille puisse se défendre. Qu'elle forge ses propres armes lui permettrait dans l'avenir d'être moins la cible de requins avides d'innocence.

Ce que Lisa préférait était le moment du déballage des cartons. Elle ressentait pour chaque bibelot un sentiment différent, caressant les formes tantôt douces, tantôt rugueuses, selon le matériau employé. Elle accordait beaucoup d'importance aux objets. Ils reflétaient pour elle la personnalité de ceux qui les possédaient. Plus il y en avait dans une maison et plus la personne avait besoin d'être rassurée et entourée, pensait-elle. Elle cherchait quel sentiment animait l'artiste au moment de la création.

Soudain, la cloche de l'entrée retentit et la porte s'ouvrit.

Souvent, lorsqu'un client entrait, Lisa restait cachée quelques instants pour regarder en secret son comportement dans la boutique ainsi que son parcours. Elle s'en amusait à chaque fois et elle seule connaissait son petit jeu. Plusieurs fois, elle s'était aperçue que les clients n'avaient pas la même conduite les uns en présence des autres. Elle volait quelques moments d'intimité à des inconnus, mais elle ne se moquait jamais.

Lisa restait toujours très respectueuse des autres. Sa démarche ne visait pas à les ridiculiser. Même si parfois elle était prise de fous rires qu'elle ne pouvait contrôler ou arrêter.

Dès son premier coup d'œil, elle observa quelque chose d'étrange dans l'attitude de l'homme qui venait d'arriver. Vêtu de noir, assez grand et bien bâti, il regarda dans toutes les directions. De façon furtive. Comme s'il était pressé ou affolé.

Son visage mal rasé supportait des traits tirés et fatigués. Ses joues étaient creusées. Lisa pouvait apercevoir les os saillants de ses pommettes. Un de ses yeux était pris de tics nerveux et se fermait par à-coups.

Sa démarche raide à l'entrée du magasin lui fit penser à un homme angoissé. Peut-être était-il même malade. Le comportement de cet individu ne lui plaisait pas du tout. En dehors de l'aspect physique, Lisa avait cette faculté de ressentir les gens.

Sans comprendre pourquoi, Lisa fut gagnée par une peur panique. Elle trembla.

Son père était affairé derrière le comptoir, plongé dans un cahier de comptabilité. Sa mère aussi était penchée au-dessus de la console, mais de l'autre côté, dos à la porte d'entrée. Ils saluèrent le client comme à chaque fois. Ils eurent pour seule réponse un geste faisant apparaître un petit, mais large couteau. Sans que personne ait le temps de réagir, l'homme s'avança et attrapa madame Croisier par ses longs cheveux. Il la tira brutalement vers lui, puis passa un bras autour de son cou. Sous le choc, madame Croisier poussa un cri qui retentit dans toute la boutique.

— La caisse ! La caisse ou je l'égorge !

Abasourdie, la jeune et fragile Lisa resta pétrifiée dans son coin. L'image de ce couteau sorti de nulle part, menaçant le cou de sa mère, coupa sa respiration. Elle eut l'impression qu'un vent glacial venait de s'abattre dans la boutique. Tétanisée et impuissante, elle resta interdite, à observer la scène. Ses paupières ne se fermèrent plus. Ses grands yeux ronds l'obligèrent à être témoin de cet affreux spectacle.

Après un moment de stupéfaction, monsieur Croisier ouvrit d'un geste désordonné le tiroir-caisse et déposa l'argent liquide sur le comptoir. Presque par réflexe, il sortit tout le contenu. L'argent n'était rien en comparaison d'une vie. Surtout la vie des êtres qui comptaient le plus dans sa vie. L'argent peut être remplacé, pas une personne. Pour avoir lu de nombreux faits divers dans la presse, il savait que toute situation similaire pouvait tourner au drame. Sans explication. Sans justification. Drame qui serait irréparable.

— Prenez tout ce que vous voulez, mais laissez ma femme. Je vous en prie ! Monsieur Croisier, paniqué, cria sur l'homme qui tenait son épouse d'une main de fer.

Des larmes commencèrent à couler sur ses joues ; son regard apeuré et suppliant fixa l'individu. Monsieur Croisier ne sut pas comment réagir. Il étudia dans son esprit une multitude de possibilités.

Devait-il bondir sur l'agresseur pour écarter ce dangereux couteau et le frapper ? Le risque était que le couteau finisse sa course avant qu'il ne puisse s'en saisir. Le téléphone n'était pas assez proche non plus. Le magasin n'était pas équipé d'un système d'alarme. Venant de découvrir son incapacité à agir sur les événements qui se déroulaient sous ses yeux, monsieur Croisier devint à cet instant paralysé et effrayé. L'homme resserra l'étreinte autour de la mère de Lisa. D'un geste aussi rapide que précis, il trancha sa gorge. Le sang gicla immédiatement au rythme des pulsations du cœur. Il la laissa tomber à terre comme un vulgaire paquet. Le sang commença à couler sur le revêtement blanc du magasin. La mère de Lisa réunit dans un dernier soupir ses deux mains autour du cou, mais ses forces vitales la quittèrent. Madame Croisier venait de rendre son dernier souffle. Son cadavre, tel un objet encombrant, reposait sur le sol froid de la boutique.

Monsieur Croisier se précipita vers le corps de sa femme. L'agresseur lui expédia un brutal et vigoureux uppercut dans l'estomac. Il s'écroula à terre. Malgré la souffrance et ne pensant qu'à sa femme, il rampa vers elle en se contorsionnant. La douleur qu'il lui avait infligée envahit tout son être.

Ne lui laissant aucun répit, l'homme s'agenouilla sur son dos. Un bruit de craquement d'os résonna dans la pièce.

— Tu veux rejoindre ta femme ? Laisse-moi faire. Je sais comment m'y prendre, susurra-t-il à l'oreille de sa victime.

Sans que le père de Lisa ait le temps de réagir, il lui tira la tête en arrière en le maintenant par les cheveux et planta son couteau déjà ensanglanté dans la carotide.

L'assaillant, devenu l'auteur d'un double meurtre de sang-froid, laissa apparaître un sourire qui se transforma en un rire diabolique et strident.

L'homme lâcha la lourde tête inanimée de monsieur Croisier qui percuta le sol dans un bruit sourd. Le tueur se redressa et se dirigea vers le comptoir où l'argent avait été déposé. Il s'empara des quelques billets et, avant de sortir d'un pas rapide, cracha sur les deux corps encore chauds. Le liquide rougeâtre se répandit mollement. Les flaques s'agrandissaient lentement. Le sang, devenu visqueux au contact de l'air, eut du mal à continuer son chemin.

Lisa n'arriva pas à détacher son regard de ses parents. Elle fut au bord des larmes. La cloche de l'entrée retentit de nouveau. Le tueur venait de sortir.

Ce n'est qu'au bout de plusieurs dizaines de minutes qu'elle réussit à s'approcher du téléphone. Elle composa machinalement le dix-sept. Une opératrice lui répondit sur un ton neutre et froid :

— Police secours, j'écoute.

Silence. Les mots que Lisa voulait prononcer restaient bloqués au fond de sa gorge. L'opératrice, patiente, répéta :

— Police secours, je vous écoute.

Calmement et d'un air détaché, Lisa répondit :

— Mes parents viennent d'être tués.

À ces mots, Lisa se mit à pleurer à petites larmes. Elle venait seulement de prendre conscience de la mort de ses parents. Les paroles prononcées firent écho dans son esprit. Telle une boule de feu qui ravageait tout sur son passage, la prise de conscience la percuta de plein fouet. Une douleur et une tristesse indescriptible s'emparèrent d'elle. Sans qu'elle puisse la maîtriser ou l'atténuer.

Elle éclata en sanglots en s'effondrant au sol. Elle fut incapable de tourner ses yeux à nouveau vers les cadavres qui jonchaient le sol. Ce n'était pas possible. Cela n'avait pas pu arriver. Il n'y a que dans les films que des gens sont tués de cette façon.

Elle attendait dehors les services de police. Prostrée. Désespérée. Seule.

Aucun mot n'aurait été suffisant pour décrire sa douleur.

CHAPITRE 3

Paris - mars

Lisa n'avait jamais confié à qui que ce soit cette histoire. Pas même à Luc, son meilleur ami. Lorsqu'on lui demandait ce que faisaient ses parents, elle répondait d'un air neutre qu'ils étaient morts dans un accident de voiture. Cela lui évitait d'élargir une plaie qui n'avait jamais cicatrisé. Une enquête fut menée par la police, mais malgré la description précise qu'elle avait fournie à leurs services, le tueur ne fut jamais retrouvé.

Plusieurs mois se sont écoulés avant qu'elle ne puisse intégrer la mort horrible de ses parents. Lisa avait franchi plusieurs stades avant d'éprouver une colère noire presque abyssale. C'est alors qu'elle s'était décidée à mener elle-même une contre-enquête. Elle estimait que les services de police n'avaient pas assez creusé et qu'ils avaient bâclé leur travail.

Son premier réflexe fut de contacter l'officier de police judiciaire responsable de l'enquête. Elle gardait pour elle son ressentiment. Il était inutile de l'accabler de reproches. Elle devait s'en faire son allié. Il lui était trop précieux.

Son premier obstacle était que le policier chargé de la procédure avait été muté dans le sud de la France. Les policiers qu'elle avait rencontrés étaient bien sûr au courant de son affaire, mais ils étaient incapables de lui fournir plus de précision. Après avoir contacté le directeur d'enquête chargé de l'affaire, Lisa et lui avaient fixé un rendez-vous pour se rencontrer.

Armée de son cahier à spirale, elle l'attendait comme convenu au café de la gare. La police avait préféré un lieu neutre, car il n'était pas censé lui fournir ces informations.

Sans savoir pourquoi, lorsque Lisa le vit s'approcher, elle sut que c'était lui qu'elle attendait. Assez petit, les cheveux poivre et sel, d'une bonne cinquantaine d'années, l'homme ressemblait à n'importe qui, mais lorsqu'elle croisa son regard, son intensité fut telle qu'elle ne put le soutenir. Ils se saluèrent et commandèrent un café.

— Donc vous êtes la fille de la famille Croisier ? Tout en portant son café à ses lèvres, le policier ne la lâchait pas des yeux. Il la sondait.

— Oui. Je suis Lisa.

— Je ne sais pas si cela a de l'importance après autant d'années, mais je vous présente mes condoléances. Je ne vais pas y aller par quatre chemins. Que souhaitez-vous savoir exactement ?

Au fond d'elle, Lisa était mal à l'aise. Mal à l'aise de fouiller le passé. Mal à l'aise de questionner un policier et d'être en face de celui qui n'a jamais découvert le meurtrier de ses parents.

— Puisque vous êtes direct, je vais l'être moi-même. Après leur mort, j'ai été furieuse contre vous. Contre la Justice. J'ai même ressenti de la haine, car vous n'avez jamais retrouvé l'assassin. Aujourd'hui, je souhaite savoir pourquoi. J'en ai besoin.

Lisa n'avait pas touché son café, de peur de le renverser à cause de ses mains tremblantes qu'elle n'arrivait pas à calmer.

Le flic posa sa tasse et s'adossa contre la banquette. Il continuait à la scruter, à détailler son visage pour y lire ses émotions. Lorsqu'il baissa les yeux.

— Je suis désolé. Il marqua une pause. Je suis en fin de carrière. J'ai vu de nombreuses affaires sordides depuis que j'ai commencé mon métier. Celle de vos parents est celle qui m'a marqué le plus. Je n'oublierai jamais.

Lisa était suspendue à ses lèvres et n'esquissait pas le moindre geste, de peur de le perturber dans son récit.

— Vous avez raison. L'assassin n'a pas été retrouvé. Mon service et moi avons failli. Je n'étais pas seul sur cette enquête. Tout le groupe a été mobilisé pendant de nombreux mois. En vain.

— Comment est-ce possible ? Un homme tue deux personnes. En pleine journée. En plein Paris. Mais il arrive quand même à disparaître sans qu'on puisse retrouver sa trace. J'ai besoin que vous m'expliquiez.

— Nous avons tout fait. Exploiter le moindre indice. Entendu toutes les personnes susceptibles de nous apporter des informations. Effectué des dizaines de prélèvements qui ont été exploités par le laboratoire de police technique et scientifique. Mené des recherches téléphoniques pour déterminer les téléphones portables qui étaient activés dans la zone au moment des faits. Vérifié les quelques caméras de surveillance en état de marche. Tout a été passé au crible. Tout le groupe, une quinzaine de fonctionnaires de police chevronnés, a travaillé sur cette affaire pendant des mois et des mois. Sans aucun résultat.

Lisa réfléchissait aux paroles du commandant de police qui lui faisait face. Elle commençait à entrapercevoir le travail de fourmi réalisé par les enquêteurs spécialisés.

— Je comprends ce que vous me dites, mais je ne l'accepte toujours pas. Je crois que je ne l'accepterai jamais. Ce drame a marqué ma vie. J'étais si jeune. Le policier cherchait dans sa poche un mouchoir qu'il tendit à Lisa. Des larmes silencieuses s'échappaient de ses yeux. Pourquoi eux ? Pourquoi mes deux parents ? Il doit bien y avoir une raison.

Elle s'était pourtant promis de rester forte et de ne pas céder quoi qu'il arrive. C'était raté.

— Je vais vous dire la même chose qu'à toutes les victimes que j'ai pu recevoir dans ma carrière. Le plus important, ce n'est pas le pourquoi, mais par qui. Il terminait sa tasse de café et fit signe à l'employé de lui en servir une seconde.

Lisa continuait à prendre des notes. Elle griffonnait quelques mots par-ci par-là sur son cahier, plus pour se donner de la contenance.

— Des crimes horribles, il s'en produit très souvent. La raison ? Il n'y en a pas toujours. Quand il ne s'agit pas d'un crime amoureux ou d'un règlement de comptes, c'est dans la personnalité de l'auteur qu'il faut chercher. Dans notre société, il existe un faible pourcentage de personnes mauvaises, sans repère, sans état d'âme. Des gens malades, mais insérés dans la société. Il y a ceux qui ne vivent que dans la criminalité. Depuis toujours. C'est leur mode de vie. Vos parents semblent avoir été tués pour de l'argent, mais je pense que l'individu qui a fait ça n'était pas à son coup d'essai. Sa vraie motivation, au vu des faits, était la commission d'un crime de sang. Il avait l'argent. Il a pu fuir sans problème. Il n'était pas obligé de tuer vos parents. Ces personnes sont mauvaises. Quoi que vous fassiez, elles ne changeront pas. Elles sont poussées par la part sombre d'elles-mêmes qu'elles ne maîtrisent pas. Il n'y a rien à faire. Il faut juste ne pas être sur leur chemin.

Pour Lisa, c'était plus clair, mais cela ne calmait pas sa rage. Le policier regardait sa montre.

— Je suis désolé, mais je dois partir. Un conseil : ne restez pas bloquée sur ce crime ignoble. Vous devrez vivre avec. L'intégrer dans votre parcours de vie. Mais laissez le passé dans le passé.

— Je vous remercie, commandant. Il quitta la table où ils étaient installés en posant un billet, laissant Lisa seule avec ses propres démons.

Lisa se remémora très souvent cet instant tragique. Le sourire maléfique du tueur au moment de commettre les meurtres, le regard affolé et perdu de sa mère avant de mourir hantaient ses nuits.

Lisa se souvenait de son inaction ainsi que de la peur qui avait engourdi ses membres. Elle n'oublierait jamais l'expression de cet assassin lorsqu'il trancha la gorge de ses parents ni la tache rougeâtre qui s'était répandue sur le sol, jusqu'à venir toucher le bout de ses propres chaussures. La scène à laquelle elle avait assisté l'avait plongée dans un mutisme presque maladif. Elle ne pouvait pas accepter les événements passés.

Sa coquille, Lisa l'avait imaginée elle-même pour protéger son âme des dangers du monde. Depuis la mort de ses parents, elle avait dû se battre et développer un système de défense pour ne pas sombrer dans l'autisme ou la folie.

Mais Lisa ne s'était pas complètement isolée. Elle avait ouvert un passage pour son ami Luc. Il avait accès sans le savoir à cette intimité, cet espace vierge de toute intrusion.

Lisa dut se battre pour survivre et sortir du dangereux sentiment mélancolique qui ne la quittait plus. Elle dut reprendre goût à la vie. Elle avait pensé plusieurs fois mettre fin à ses jours, mais n'eut jamais le courage de passer à l'acte. Sa volonté de vivre était plus forte que l'envie de mourir, même si pendant plusieurs années la souffrance la rongea.

Sa douloureuse blessure se transforma petit à petit en force. En mémoire de ses parents, elle décida de conserver et de gérer leur commerce. Cette boutique était la seule chose concrète qu'ils lui avaient laissée. Ses parents lui manquaient, physiquement, mais aussi dans son cœur.

Ils ne seraient plus là pour lui donner des conseils et pour lui inculquer les valeurs qui leur étaient chères. Tous ces projets dont ses parents faisaient partie étaient terminés aujourd'hui. Il avait suffi de quelques minutes à un seul homme pour réduire à néant son avenir.

Son fardeau était très lourd à porter. Elle était devenue une femme responsable par la force des choses et devait, malgré ses dix-huit ans, affronter l'avenir avec une robustesse que seul un adulte pouvait posséder. À l'âge où ses amies ne pensaient qu'à la mode et à la musique, elle devait prendre en main son avenir. Elle ne put retenir son émotion et commença à pleurer.

Après avoir égaré ses pensées quelques instants, Lisa revint à elle, les yeux rougis et les joues mouillées.

CHAPITRE 4

Paris – avril

Aujourd'hui, Lisa commencerait d'abord par réaménager la vitrine de son échoppe afin de faire une présentation plus claire et plus accueillante. Au lieu d'organiser sa boutique par familles d'objets, elle agencerait des ambiances distinctes avec des tendances de couleurs et de styles qui iraient du classique au plus contemporain.

Ce qu'elle avait appris de ses parents, c'est qu'il ne fallait pas se fermer les horizons. Ne pas se cantonner dans de vieilles idées, mais avancer avec de nouveaux concepts. Cela impliquait forcément de se remettre en cause.

Lisa savait qu'elle devait faire preuve d'ouverture d'esprit si elle ne voulait pas rester figée dans le passé.

Grâce à sa boutique, elle le pouvait. Les discussions avec les clients partaient évidemment de sujets banals comme la décoration intérieure ou l'agencement des pièces… mais rapidement, Lisa savait comment transformer une discussion insipide en discussion passionnante. Elle orientait l'échange verbal, s'intéressant d'abord au métier de chacun, demandant pourquoi avoir choisi celui-ci et pas un autre.

Les individus étaient libres de ne pas répondre, mais généralement l'ambiance confortable et chaleureuse de la boutique mettait les clients en confiance. Ils s'épanchaient sur leur vie sans trop faire attention. En fonction de la personne qu'elle avait en face d'elle, Lisa discutait de sujets très différents. Que ce soit sur l'interruption volontaire de grossesse, le terrorisme ou la politique en général, mais aussi du racisme, de la discrimination sous toutes ses formes, l'existence supposée des extraterrestres et de Dieu. Lisa dialoguait dès qu'elle en avait l'occasion.

En lançant un sujet, elle scrutait les réactions des personnes qui se tenaient devant elle, avant de poursuivre ou non. Lisa ne jugeait pas les gens, ne les regroupait pas par catégorie et ne leur collait pas une étiquette politique ou sociale.

Cela ne l'intéressait pas. Elle se contentait d'écouter et de profiter des discussions pour s'enrichir et pour donner des conseils par rapport à son propre vécu.

Le plus important pour elle était d'accepter les autres sans les juger. Accepter leurs différences, c'était s'accepter un peu plus soi-même. Bien sûr, son éducation et l'environnement social faisaient qu'elle avait comme tout le monde des a priori dont il était difficile de se libérer, mais petit à petit, elle avait réussi à se débarrasser de toutes les barrières qui lui bloquaient le chemin de la compréhension. Les différences n'étaient pas pour elle une faiblesse dont chacun devait se cacher, mais bien au contraire. Elles représentaient un avantage qui permettait un échange extraordinaire ainsi qu'un apprentissage de la tolérance et du respect d'autrui.

Mais certains préféraient ne pas développer leur esprit étriqué par une éducation trop rigoureuse, une télévision mièvre, renforcée par des amis et des collègues de travail du même acabit. Lisa savait que beaucoup ne se donnaient pas la peine d'aller vers autrui, que leur petit monde ne tournait qu'autour de leur femme, de leur équipe de football favorite, de leur chien... L'inconnu leur faisait peur. Lisa essayait en discutant avec eux de les sortir de leurs préjugés afin de les amener vers autre chose.

En prévision du beau temps et de la chaleur qui se préparait, Lisa portait une petite robe pourpre très légère, décorée d'un motif printanier de primevères jaunes qui couraient sur la totalité du vêtement. Son parfum mélangeait des senteurs agréables de rose et de jasmin.

    Lisa sortit de son magasin et sentit la douceur des rayons du soleil sur sa peau. Elle aimait cette sensation de chaleur qui l'envahissait. Elle contempla sa boutique et éprouva un léger sentiment de fierté. Elle pouvait admirer le travail de toute une vie, celle de ses parents. Et aujourd'hui, c'est elle qui reprenait le flambeau. Elle savait que quelque part, ils la regardaient avec bienveillance. Elle voulait qu'ils soient fiers d'elle. Cette boutique la reliait à eux et la maintenir en activité, c'était un défi permanent sur lequel elle travaillait au quotidien. Elle y sentait encore leur présence, leur choix et leur personnalité. Pour Lisa, passer ses journées dans la boutique maintenait ce lien et lui permettait de garder vivants les meilleurs moments de sa vie.

    Sur la façade en vieilles pierres polies grisâtres, à cause de la pollution et de l'usure, reposait une ancienne verrière. Composée d'une légère structure métallique peinte en vert, elle marquait sa différence avec d'autres commerces plus modernes installés alentour. C'était sa force : présenter une image traditionnelle, rassurante afin de donner envie aux clients potentiels de pousser la porte. Le reste, c'est la force commerciale et le bagou de Lisa qui s'en occupaient.

    Elle était surmontée de plantes grimpantes, lierre et autres vivaces qui s'y étaient développés avec les années. En dessous et bien apparente, une vieille plaque en bois peinte en bleu clair était accrochée. C'était l'enseigne. Sur cette plaque était gravé le texte « Tout pour vos yeux ». C'est sa mère qui avait trouvé cette devise après de nombreux essais.

    Cette verrière était une composante importante de son magasin : tout ce que contenait la boutique était disposé de telle façon que le soleil éclairait chaque objet et chaque meuble. De l'entrée, les clients pouvaient apercevoir les plus petits objets de décoration pourtant disposés au fond du magasin. Malgré les vingt-six degrés extérieurs, la boutique était relativement fraîche.

Lisa ne savait pas par quoi commencer. C'était un incessant recommencement. Il n'était que neuf heures quinze et le mardi n'était pas un jour de grande affluence, ce qui lui laisserait le champ libre pour travailler. Elle ne savait pas pourquoi, mais en général les clients se présentaient par vague. Elle pouvait ne recevoir personne pendant plusieurs heures, puis d'un seul coup, une dizaine en l'espace d'une demi-heure. Elle n'avait aucune prise sur ça et devait s'adapter et se rendre disponible.

Elle décida finalement de déplacer les meubles dans un premier temps. Elle disposait d'un grand espace qui lui permettait de tout bouger à loisir. Lisa avait laissé un maximum de place pour les clients, en aménageant de grands passages pour qu'ils se sentent à l'aise. Ils pouvaient ainsi se promener dans les différents coins de la boutique sans être gênés.

Son but n'était pas de vendre des produits sans intérêt pour réaliser un gros bénéfice. Bien sûr, il fallait qu'elle gagne sa vie, comme tout le monde.

Mais le plus important était d'abord le dialogue avec les clients. Ceux-ci venaient fureter un conseil, demandaient un avis nouveau afin d'aménager au mieux leur lieu de vie. Certains préféraient se fier à un professionnel plutôt que s'en remettre à leur goût personnel plutôt discutable.

Lisa demandait d'abord à ses clients de décrire leur intérieur ainsi que leurs goûts. Elle pouvait cibler le style qui leur convenait, avec les objets les mieux adaptés à leur besoin. Elle distillait ainsi les conseils de décoration les plus adéquats et précisait les fautes de goût à éviter. Tout son savoir, elle le devait à ses parents. Depuis sa plus tendre enfance, elle venait jouer dans la boutique et, en grandissant, elle les avait aidés du mieux qu'elle avait pu.

Le moment était venu de commencer le long travail de réorganisation qui l'attendait. Lisa savait prioriser les tâches. Elle devait être multicasquettes. Ses parents lui avaient appris à tout réaliser dans la boutique. Ce qui lui posait problème parfois, c'est d'être seule pour tout assumer. Elle aimait les responsabilités, mais souvent, le manque de bras se faisait sentir. Elle réalisait seule ce que ses parents faisaient à deux. C'était possible, mais cela demandait une implication assez importante. Même si elle adorait son travail au quotidien, une personne supplémentaire n'aurait pas été de trop pour l'aider.

Un autre problème qu'elle rencontrait souvent, mais dont elle ne se vantait pas : le manque de force physique. Lisa était contre les préjugés et les idées sexistes qu'elle combattait comme elle le pouvait, mais elle devait reconnaître que le physique d'un homme était différent de celui d'une femme. Pour des tâches difficiles ou pour déplacer des objets lourds, elle atteignait vite ses limites et devait s'y reprendre à plusieurs fois. Cela la rendait folle, mais c'est un constat amer qu'elle réalisait chaque jour. Elle usait d'astuces pour compenser : glisser les meubles en insérant une couverture en dessous des pieds, utiliser un diable ou des roulettes pour faciliter leur déplacement, mais cela ne réglait pas tout. Sans parler des courbatures le soir quand elle forçait trop. Des muscles insoupçonnés se réveillaient en marquant leur présence d'une forte douleur dont Lisa se serait bien passée.

Lorsqu'elle commença à s'atteler à la tâche, la cloche de l'entrée retentit.

CHAPITRE 5

Paris – mai

Lisa se retourna brusquement afin de scruter la personne qui allait entrer. La mort de ses parents, tragique, restait exceptionnelle dans les annales de la presse locale. De mémoire de journaliste, on n'avait pas vu ça depuis de nombreuses années. Lisa savait qu'une mort aussi violente restait quelque chose d'unique dans une vie.

Si au fond d'elle-même, elle savait que les événements ne pouvaient pas se reproduire, elle attendait d'un instant à l'autre que le tueur resurgisse. Cette angoisse très présente s'estompait lentement avec les années.

Malgré tout, elle ressentait un pincement au cœur lorsque la cloche de l'entrée tintait. Ce qu'elle détestait par-dessus tout, c'était entendre les gens entrer sans les avoir vus passer devant la boutique. Lisa ne restait pas toujours assise derrière sa caisse à guetter le client, car étant seule pour gérer la boutique, elle avait de quoi s'occuper.

Lisa livrait un combat intérieur depuis la mort de ses parents, tiraillée entre s'isoler des autres pour se protéger et endosser son rôle de vendeuse pour vivre. Jamais elle n'aurait cru ressentir une douleur si intense. Personne ne peut se préparer à un événement aussi brutal et destructeur. Elle avait longtemps essayé de comprendre en se demandant comment un être humain pouvait commettre une telle atrocité. Elle avait revu la scène dans sa tête de nombreuses fois, encore et encore. Sans jamais pouvoir découvrir une once de raison ou de justification. Elle en conclut que certains étaient mauvais, sans raison. À leur naissance ou après avoir subi de nombreuses horreurs. Mais même si on est rempli de noirceur, comment en arrivait-on à passer à l'acte ? Tuer quelqu'un, c'était réduire la vie à néant d'une famille entière. La famille, en premier lieu, puis les amis et l'entourage étaient tous impactés à divers niveaux. À cause d'un individu qui n'avait pas réussi à se contrôler. N'importe qui pouvait croiser le chemin d'individus nuisibles dotés d'un pouvoir mortel sans aucune conscience. Pourtant, tout un chacun au cours de sa vie naissait en apprenant la différence entre le bien et le mal. Ce qui ne suffisait pas à certains bourreaux en puissance dont l'être humain ne représentait qu'un moyen d'assouvir son fantasme ou ses noirs desseins.

Même si Lisa n'était pas tombée dans la paranoïa, sa vie était ponctuée de surveillance alentour. Une vigilance accrue qui la caractérisait, même si elle se refusait à ne voir que la perfidie de l'humanité. Profiter de la vie malgré tout, c'était son combat au quotidien pour ne pas sombrer dans la psychose.

Ce fut alors qu'elle vit cet homme pour la première fois. Brun aux yeux verts, cheveux courts, il était vêtu d'un pantalon de ville gris anthracite et d'une chemisette blanche.

Lorsqu'il pénétra dans la boutique, Lisa s'approcha pour l'accueillir et sentit son parfum, mélange subtil d'eau boisée et de chèvrefeuille. L'ouverture de sa chemisette laissait entrevoir un début de torse puissant et imberbe. À cause de la chaleur extérieure, la sueur perlait un peu en dessous de son cou.

Lisa fut prise d'une fièvre qui parcourut son corps. Elle était incapable de contrôler ce phénomène. Depuis bien longtemps maintenant, elle n'avait pas ressenti un tel désir.

Elle crut redevenir adolescente, lors de ses premières rencontres intimes avec des amis masculins. Elle ressentait les mêmes émois. Ses membres tremblaient et ses jambes avaient du mal à la soutenir. Malgré son émotion, elle réussit à bredouiller :

– Bonjour ! Je peux vous aider ?

Sa voix lui semblait si peu audible et si chevrotante qu'elle en rougit. Lisa avait connu quelques hommes ces dernières années, mais elle n'en avait conservé aucun. Le dernier, elle l'avait rencontré dans un bar. Un peu paumée et seule, elle s'était laissé draguer. Elle avait fini sa soirée dans la chambre d'un grand hôtel parisien. Elle n'avait jamais revu cet homme et, depuis presque deux mois, Lisa n'avait pas eu de relations intimes. Elle en avait été honteuse pendant plusieurs semaines, mais l'envie et le besoin de se sentir désirée avaient surpassé sa moralité. Avant de se décider à sortir, elle avait bien sûr pensé aux sites de rencontres, mais elle avait vite déchanté. De nombreux hommes lui demandaient des photos de sa poitrine ou de son sexe, jambes écartées. Des pervers qui l'avaient dégoûtée de surfer sur la tendance des rencontres Internet. Elle attendit pendant quelques semaines, pensant qu'ils se calmeraient et qu'ils finiraient pas la laisser tranquille. C'était peine perdue. Après des demandes obscènes, les messages devenaient insultants et menaçants, car elle ne répondait pas. C'en était trop pour Lisa qui décida de supprimer son profil et de quitter tous ces sites de vicieux.

Elle pouvait bien sûr se satisfaire elle-même, mais Lisa savait également que rien ne pouvait remplacer la chaleur et la présence d'un homme. En dehors du plaisir physique, il y avait surtout la sensation d'être regardée et désirée. Que quelqu'un remarque sa féminité et la mise en valeur de son corps par des vêtements choisis avec soin.

Comme bien d'autres femmes, elle aurait pu faire la tournée des bars, habillée légèrement pour mettre en avant son corps et sa poitrine. En peu de temps, elle aurait pu repartir avec un inconnu à peu près correct pour assouvir une pulsion primaire, mais elle s'y refusait. Elle souhaitait garder sa dignité d'être humain et de femme. Elle n'était pas un morceau de viande à disposition d'hommes avides de jouissance. Elle se respectait et tenait à ce que les autres la respectent aussi. C'était une question de principe. L'envie pourtant présente de façon régulière ne l'empêchait pas de fantasmer. D'imaginer les plus torrides des scènes dignes d'un film pornographique. Mais elle était vite rattrapée par la réalité. La vie, ce n'était pas un film. Et que resterait-il de ses rêveries si elle réalisait ses fantasmes les plus inavoués ?

Trop de questions et d'hésitations. Son corps se jouait de son esprit et son esprit de son corps. Tiraillée entre l'envie primaire d'assouvir un besoin physique et ce que la morale lui dictait, Lisa était en surchauffe. Dans tous les sens du terme.

– Bonjour ! Oui, je recherche une lampe pour mettre dans mon bureau, annonça l'inconnu.

Lisa était hypnotisée par ses grands yeux verts. Sous l'effet de l'excitation, la pointe de ses seins commençait à se durcir et à déformer légèrement le devant de sa fine robe.

Lisa pensait que cela n'allait pas se voir, mais lui l'avait déjà remarqué. Sans qu'elle s'en aperçoive, il la dévorait des yeux et toisait les moindres détails de son corps. Il l'imaginait d'abord au creux de ses bras, puis, après de longs et humides baisers, il se voyait nu avec elle. Il fantasmait sur le contact doux et chaleureux de sa peau, la caresse de ses fins cheveux.

– Les lampes se situent au fond du magasin. Je pense avoir ce qu'il vous faut. Veuillez me suivre.

Elle se retourna et avança en leur direction. Lisa sentit un regard insistant dans son dos. Était-ce le fruit de son imagination ? Elle était affolée et surprise de cet émoi qui la parcourait.

L'homme derrière elle la déshabilla du regard. Il avait commencé à l'observer dès son entrée dans le magasin.

Maintenant, il l'observait de dos. Immédiatement, il remarqua cette beauté singulière au milieu de tous ces objets. Il ne pouvait plus détacher son regard de la créature qui se mouvait devant lui.

Il vit qu'elle mesurait environ un mètre soixante-dix. Sa chevelure rousse rehaussait la couleur bleu azur de ses yeux. Son corps bien élancé lui paraissait parfait. Il en avait déjà enregistré tous les détails physiques. Ses seins, qui devaient facilement remplir un 95B, ses longues jambes fines et bien proportionnées, ses fesses rondes et rebondies qu'il pouvait observer facilement grâce au balancement de la courte et fine robe qu'elle portait.

Lisa, imperturbable, continua son chemin. Elle devait conserver la maîtrise de la situation malgré son émoi. Elle essayait de cacher son trouble en adoptant une démarche plus ferme et décidée, mais elle se sentit vite ridicule.

Lisa refusa de se comporter de la sorte avec un client.

Elle ordonna mentalement à son corps de se calmer. Bien qu'elle eût toujours fantasmé et désiré secrètement faire l'amour au moins une fois dans sa boutique, elle essaya d'agir contre ses pulsions primitives.

En la suivant, il sentit le discret parfum qu'elle s'était mis le matin même. Il aurait voulu poser ses larges mains sur les fesses qui se dandinaient devant ses yeux gourmands. Il aurait voulu également la serrer dans ses bras, comme si elle lui avait déjà appartenu, à cet instant.

Tout à coup, Lisa se retourna.

CHAPITRE 6

Paris – mai

Lisa commença à se représenter le bureau de l'homme qui se tenait devant elle.
– Voilà, nous y sommes. Comme vous pouvez le voir, il n'y a que l'embarras du choix. Je peux vous conseiller sur ce qui conviendrait le mieux à votre bureau, selon le mobilier qui s'y trouve. À moins que vous ne préfériez choisir seul.
Peut-être était-il responsable d'un service financier. Elle imagina un grand bureau encombré de sièges en cuir noir confortables et du mobilier de style anglais des années quatre-vingt.
Elle pensait qu'il pouvait également travailler dans un cabinet immobilier. Là, elle voyait plutôt un style plus contemporain avec une lampe en acier chromé et des meubles clairs en merisier. Ou encore agissait-il depuis son domicile. En fin de compte, elle n'était pas plus avancée et toutes ses hypothèses l'avaient embrouillée. Il lui était important de se projeter dans la vie professionnelle ou personnelle de ses clients, elle pouvait se tromper. En général, ce n'était pas le cas. Elle visait juste et était capable de s'accorder aux goûts de ses acheteurs.
Lisa se considérait plus qu'une vendeuse classique. Elle essayait d'offrir aux clients une expérience personnalisée, un choix avisé et un suivi après la vente. Ils pouvaient rapporter leur achat un mois après la vente, voire échanger en achetant autre chose. C'était le gage pour elle de leur retour, car en cas

d'insatisfaction, les acheteurs savaient qu'ils seraient entendus et que leur avis comptait.

Le corps de cet homme était à présent très proche de celui de Lisa. Elle trembla davantage lorsque, comme dans un rêve, elle vit les mains de l'inconnu avancer vers son visage. Après avoir esquissé un léger mouvement de recul, elle s'abandonna.

Son éducation lui interdisait normalement d'agir de la sorte. Elle s'était également fixé des limites et avait mis en place une sorte de système de temporisation pour éviter d'en venir au sexe dès la première fois. Elle ne comprit pas ce qui se passait. La passion de deux corps enflammés d'un désir intense et sauvage l'emporta sur la raison.

Il se rapprocha et l'embrassa. D'abord tendrement sur la lèvre supérieure, puis avidement, de manière experte. Elle crut défaillir à cette chaude et agréable sensation. Il avait réveillé en elle une vigoureuse et troublante passion qu'elle avait oubliée jusqu'à ce jour. La danse de leurs mains se déroulait tel un ballet imaginaire.

L'organe viril de l'inconnu manifestait un intérêt grandissant pour elle. Elle fut surprise par ce qu'elle sentait se presser contre elle, mais elle le désirait plus que tout. La passion l'emporta.

Aucun client ne vint interrompre leur étreinte. Ils s'étaient installés sur un canapé au fond du magasin. Cachés par une bibliothèque, ils libérèrent tous les deux leurs pulsions et se donnèrent du plaisir mutuel. Ils firent l'amour avec passion. Sans aucune retenue.

Lisa s'était complètement abandonnée. Son corps n'était plus que jouissance et désir. Tout tournait autour d'elle. Aucun échange verbal. Aucune pause. Tout était dans l'action passionnée de leurs mains et de leurs enveloppes charnelles.

Chaude comme un soleil, elle finit par exploser de plaisir. Tout son être était devenu de la jouissance à l'état pur.

Après plus de deux heures de folles passions physiques, ils étaient là, allongés sur le canapé, leurs corps encore moites.

Le visage de Lisa était illuminé d'un léger sourire. Lui avait un air satisfait.

Elle n'avait plus envie de bouger. Lisa se sentait fatiguée, mais en même temps dans un état de plénitude totale. Enfin, un dialogue s'instaura.

– Je ne sais même pas comment tu t'appelles. Moi, c'est Lisa. Je tiens cette petite boutique. Je suis contente et... embarrassée de te connaître, lui dit-elle en souriant.

– Moi, c'est Stéphane, j'ai trente-deux ans, je suis vendeur. Et enchanté de te connaître Lisa.

Sur un ton amusé, il rajouta :

– Et la lampe que j'étais venu chercher, tu crois que je vais partir avec ?

Ils éclatèrent de rire.

– Je dois aller à mon travail, je suis déjà très en retard. J'avais prévu de passer ici rapidement, juste pour jeter un coup d'œil. C'est les surprises de la vie qu'on ne peut pas prévoir, mais c'est une bonne et très agréable surprise.

Évidemment qu'il n'avait pas prévu de passer un aussi long moment dans ma boutique, pensa Lisa. Le délice qu'elle venait de vivre devait prendre fin. Lisa se voyait encore au creux de ses bras musclés et solides. Elle y resterait des heures entières.

Il se leva et se dirigea pour prendre ses affaires. Méticuleux, il avait pris soin de les plier et de les poser sur un meuble. Il avait aligné aussi ses chaussures en les posant au pied de ses vêtements. Alors que Lisa avait tout semé au sol au fur et à mesure de leurs ébats sans se poser de question.

Ils se trouvaient maintenant devant le comptoir. Ils se regardaient, un peu gênés, et sans trop savoir quoi se dire. De quoi auraient-ils pu parler après un moment pareil ? Elle comme lui n'étaient pas habitués à ce type d'intermède.

Lisa lui tendit la carte de sa boutique avec son numéro de téléphone et y ajouta son numéro personnel.

– Appelle-moi si tu veux !

Bien sûr, elle espérait cet appel.

– Oui, je te contacte dans la soirée. Bonne journée Lisa.

Il se retourna quand même et lui fit un clin d'œil. Lisa ne savait comment l'interpréter. Sans plus de formalité, il s'en alla, la laissant plantée derrière son comptoir. Elle ne savait pas quel comportement ni quelle réaction adopter. Désemparée et complètement seule, elle n'était pas préparée à une telle situation. Elle se sentit lâchement abandonnée, presque brutalisée.

Que venait-elle de faire ?

À cet instant, elle aurait voulu remonter le temps. Faire en sorte que ce ne soit jamais arrivé. Malgré le plaisir qu'elle avait éprouvé, c'est un sentiment de honte qui s'emparait d'elle. Comme lorsqu'elle était enfant et qu'elle venait de se rendre compte d'une grosse bêtise inavouable.

Oublier ? Impossible. Elle ne pourrait jamais oublier ce moment si fort, mais qui commençait à lui faire mal au plus profond d'elle-même. Elle s'était mise en danger, en ne prenant aucune précaution, et commençait maintenant à en payer le prix.

Lisa s'interrogeait brusquement sur sa vie et plus particulièrement sur sa vie de femme. Elle s'aperçut effectivement que ses relations avec les hommes n'avaient jamais beaucoup d'avenir et que, souvent, c'était elle qui créait des situations dont l'issue ne pouvait être qu'un échec.

Elle n'avait pas l'habitude de provoquer, puis de succomber aussi facilement, mais aujourd'hui, il s'était passé quelque chose, quelque chose d'intense et d'incontrôlable.

– Je viens de faire l'amour avec un parfait inconnu dans ma boutique, dit-elle dépitée.

Lisa avait du mal à l'accepter. Plus elle y pensait et plus elle culpabilisait. Pour une fois, ce n'était pas elle qui s'était servie d'un homme comme d'un mouchoir jetable.

La situation s'était renversée. Elle n'avait rien pu ou voulu faire pour l'éviter. Subitement, elle eut envie de vomir. Elle se sentait mal à l'aise. Elle commençait à prendre conscience de son acte.

Certes, elle avait succombé à ses pulsions et soulagé son envie presque bestiale, mais elle ressentait cela comme une atteinte à sa dignité de femme. Elle avait été, l'espace de quelques heures, la femme-objet d'un homme qu'elle ne reverrait peut-être jamais.

Elle espérait tellement revoir ce bel inconnu, ne fût-ce que pour se prouver qu'il tenait un tant soit peu à elle. Elle passerait ainsi du statut de la femme-objet, rôle dans lequel elle excellait depuis toujours, au rôle de femme aimée et considérée.

Mais ce n'était pas elle qui allait décider de la suite des événements.

Allait-il l'appeler ? Peut-être que ce n'était pour lui qu'une simple aventure, une relation purement sexuelle qui n'avait pas d'avenir. Peut-être aussi qu'il était déjà avec une femme.

Toutes ces questions tournoyaient dans la tête de Lisa, sans trouver de réponses. Complètement bouleversée, elle se mit à pleurer. Elle se sentait abandonnée. Comme le jour de la mort de ses parents.

Lisa s'accorda une petite sieste d'une demi-heure. Lorsqu'elle se réveilla, elle avait complètement fait le vide dans sa tête. Son esprit et son corps étaient reposés. Cet interlude sympathique serait sans grande conséquence. Un moment de pur plaisir avec un homme qu'elle n'avait jamais rencontré auparavant. Aucune incidence.

Du moins, c'est ce qu'elle croyait à cet instant. Sans se douter que cette rencontre allait engendrer une multitude de changements dans sa vie.

Mais pas que pour le meilleur.

CHAPITRE 7

Paris - juin

Le reste de la journée se déroula de façon monotone et épuisante.

Quelques clients étaient venus, mais la boutique était restée vide la plupart du temps. Lisa ferma l'éclairage ainsi que les volets métalliques et rentra à son domicile. Cette journée l'avait épuisée physiquement et moralement. Marcher à l'extérieur dans les rues de Paris lui faisait du bien. Mettre de la distance entre sa boutique et son appartement était parfois nécessaire. Elle gérait l'ancienne affaire de ses parents. Même si c'était une passion, certains jours étaient plus difficiles que d'autres. Avec son lot de déconvenues, de désillusions et de découragements. Elle devait tout assumer et porter plusieurs casquettes afin d'éviter que sa boutique ne périclite. C'était l'une de ses plus grandes peurs et elle travaillait d'arrache-pied pour que ce jour n'arrive jamais.

Même si ses parents n'étaient plus présents, garder la boutique en activité était important pour elle. Elle avait mis un point d'honneur, malgré les difficultés, à tout faire pour continuer. Elle était persuadée qu'ils seraient fiers d'elle s'ils pouvaient la voir de là où ils étaient.

Elle arriva enfin chez elle.

Lisa habitait dans un appartement de quatre-vingt-dix mètres carrés environ au quatrième étage d'un vieil immeuble. Il y avait deux chambres, une petite cuisine, un corridor, un salon salle à manger sans séparation, ainsi qu'une vaste salle de bain. Quelques plantes vertes égayaient certaines pièces.

L'ensemble clair et bien rangé donnait une impression volontaire de dépouillement.

Depuis qu'elle avait emménagé ici, elle n'avait pas à se plaindre de ses voisins. Au-dessus d'elle, Lisa avait fait la connaissance d'une personne âgée se prénommant Marthe, qui lui préparait gentiment des petites douceurs sucrées dont elle était friande. Cette femme vivait seule. Ses enfants, au nombre de trois, étaient tous disséminés aux quatre coins de la France. La pauvre vieille dame ne voyait pratiquement personne de sa famille.

Cela faisait maintenant une dizaine d'années qu'elle occupait ce logement. Même si Lisa essayait d'égayer sa vie par de petites attentions, elle n'avait plus goût à rien. Blasée et usée par la vie qui n'avait pas été facile, Marthe ne pouvait même plus profiter de ce qui se passait à l'extérieur à cause de son arthrose. Le moindre déplacement la faisait souffrir de maux terribles.

Ses journées consistaient à regarder le journal télévisé, les jeux et parfois quelques téléfilms. Le reste du temps, Marthe le passait à dormir. Le temps de cerveau disponible était à son maximum chez Marthe qui ingurgitait des dizaines de publicités par jour sans qu'elle se rende compte du matraquage commercial. La télévision restait en permanence allumée, même la nuit. Elle lui procurait une présence factice rassurante et lui permettait de vivre à travers les personnages de série des aventures, des secrets, des trahisons et des réconciliations. C'était une vie par procuration dans laquelle elle enchaînait les rebondissements et les découvertes de milieux différents. La routine était rythmée par le programme télévisuel pour ne rater aucune émission ou série qu'elle suivait.

Déformés par l'âge, ses doigts ne lui permettaient plus de faire du tricot qui était l'un de ses passe-temps favoris. Marthe avait conscience d'être réduite à l'état de vieil objet que l'on place dans un coin de la pièce et qui ne sert plus à rien. Tout le monde s'en fichait. Cette sensation horrible d'être inutile et de n'être présent pour personne était son quotidien, mais la vie ou plutôt la survie continuait son cours. Les jours, les semaines, les mois et les années défilaient sans surprise, se ressemblant tous, n'apportant aucune réjouissance particulière ni amélioration possible.

Lisa connaissait le point de vue de Marthe sur sa situation de femme âgée. Même si elle lui soutenait à chaque fois qu'elle se trompait, elle devait quand même avouer que Marthe avait raison sur de nombreux points. Elle essayait de rester positive, de la détourner lors de ses conversations des sujets récurrents : douleur, fatigue généralisée, vieillesse et solitude. S'apitoyer sur son sort ne changerait pas la situation et penser à autre chose était important. Même si Marthe se concentrait uniquement sur ce qui n'allait pas, Lisa apportait des idées différentes : l'actualité, le temps, un peu de politique ou des évolutions sociétales. Ce n'était pas évident, car Marthe revenait sans cesse sur ses problèmes, égocentrique, mais Lisa ne perdait pas espoir. Parfois, elle réussit à lui faire oublier ses malheurs pendant quelques dizaines de minutes.

Pour Lisa, Marthe représentait tout ce à quoi elle ne souhaitait pas ressembler plus tard. Ce fut dans le but de ne pas rester seule et isolée qu'elle avait fait des efforts de réadaptation.

Depuis la mort de ses parents, Lisa s'était dans un premier temps complètement repliée sur elle-même. Incapable d'extérioriser ses sentiments et de crier sa colère, elle l'avait gardée au plus profond de son être.

Mais petit à petit, elle s'était mise à revivre normalement. Elle n'avait pas eu le choix. Elle s'était aperçue qu'elle commençait à sombrer dans la paranoïa. Elle scrutait chaque personne qu'elle croisait tout en étant persuadée qu'il allait se passer quelque chose de dramatique et qu'un événement inattendu allait de nouveau bouleverser sa vie. Lisa avait fait des efforts gigantesques. Elle s'était rendu compte qu'en multipliant les contacts, sa peur diminuait.

L'angoisse que le meurtrier de ses parents puisse resurgir à chaque instant dans sa boutique, au coin de la rue ou en bas de son appartement était toujours présente, mais elle avait appris au fil du temps à maîtriser sa peur et ses émotions afin de vivre normalement. En apparence. Cette angoisse était toujours présente au fond de son esprit.

Ce n'était plus l'angoisse qui dominait la vie de Lisa, mais Lisa qui dominait cette angoisse.

Grâce au sentiment de sécurité qu'elle éprouvait lorsqu'elle se trouvait dans son appartement, Lisa réapprit à vivre et recréa un lien social ordinaire avec les personnes qui l'entouraient.

Lisa ne s'était pas beaucoup occupée de l'aménagement intérieur de son appartement. Elle y passait peu de temps de toute façon. De plus, son cercle d'amis étant très restreint, elle n'invitait pratiquement jamais personne.

Entourée toute la journée par des dizaines d'objets, elle ne souhaitait pas obtenir une représentation en miniature de son magasin. Il y avait bien quelques bibelots par-ci par-là, mais rien de bien exceptionnel.

Lisa se dirigea vers la salle de bain et décida de prendre un long bain qui la soulagerait de cette journée. Nue, elle se glissa dans la baignoire et y versa du sel senteur lavande, connu pour ses effets calmants. Ce qu'elle préférait dans le bain, c'était son rituel du massage.

– C'est plus agréable lorsqu'il est fait par un homme, pensa-t-elle.

Mais au fil des années, elle avait acquis une certaine expérience et savait comment se masser le plus efficacement.

Elle avait acheté pour l'occasion quelques livres dédiés et se procurait régulièrement de l'huile de massage au sésame, sa préférée, mais certaines zones comme le dos lui étaient difficilement accessibles. Aussi se rendait-elle fréquemment dans des salons de massage.

Lisa effectua des mouvements circulaires sur les tempes, puis elle descendit le long de son cou pour soulager ses cervicales. Elle pratiquait un massage profond avec ses pouces et index, qui la décontractait. Elle glissait ses mains le long des jambes et dans un geste de va-et-vient, se massait les pieds jusqu'à l'aine.

Lisa se sentit détendue. Elle resta là sereine et revit cette journée si inhabituelle. Elle songea à cet homme qui avait prétendu se nommer Stéphane. Elle repensa à cet instant si intense et à leur étreinte partagée.

Lisa commença à se sentir une nouvelle fois troublée et excitée. Tout en imaginant cet homme, elle se caressa de manière plus intime et plus sensuelle. Elle espérait ainsi ressentir une nouvelle fois l'état dans lequel elle avait été quelques heures auparavant.

Ses caresses devenaient plus rapides, plus intenses, jusqu'à ce que l'excitation se transforme en jouissance.

Alors qu'elle dormait dans la baignoire, le téléphone sonna. Elle sursauta. D'un mouvement violent, elle attrapa sa serviette, sortit du bain et tandis qu'elle se rendait dans le salon entièrement nue, elle s'essuya la joue et l'oreille. Elle faillit glisser plusieurs fois à cause de ses pieds humides.

Les battements de son cœur s'étaient accélérés. Elle n'était jamais sortie aussi vite de la baignoire. Risquant de tomber, de glisser et de se répandre au sol, elle s'en fichait à cet instant. Tout ce qui comptait était ce satané téléphone qu'elle tentait d'atteindre avant l'arrêt de la sonnerie.

CHAPITRE 8

Paris – juillet

Lisa parvint à côté du téléphone, excitée par sa course, mais aussi par l'idée de lui parler. Elle se sentait bête à désespérer pour un simple appel téléphonique, mais c'était plus que ça. Ce coup de fil signifiait qu'un inconnu ayant passé un moment torride avec elle était suffisamment intéressé pour la recontacter, elle. Peut-être pour une nouvelle séance de sexe, mais elle en espérait beaucoup plus. Par le plus grand des hasards, ils s'étaient rencontrés pour tout autre chose, avaient plus que sympathisé. Et maintenant, même si elle ne l'avait vu qu'une seule fois, elle ressentait quelque chose pour lui. C'était intense et prenant sans qu'elle puisse encore mettre des mots précis sur ce sentiment.

– Allô ? dit-elle dans un souffle.
– Salut Lisa, c'est Luc ! Comment vas-tu ?

Désespérée, elle faillit raccrocher. Elle regarda quelques instants le combiné, interdite. La déception la poussait à reposer le téléphone pour repartir dans son bain. Elle adorait parler avec Luc, mais ce n'était pas ce qu'elle attendait à cet instant. Mais elle n'en fit rien et lui répondit.

– Ah oui, salut. Qu'est-ce tu veux ? Dépêche-toi. J'attends un appel.
– Sympa l'accueil. Ça fait plaisir. J'appelle pour avoir de tes nouvelles et tu m'envoies sur les roses ! Si ça ne va pas, dis-le-moi tout de suite, on gagnera du temps.
— Ce n'est pas ça. Ne le prends pas pour toi. Je suis un peu perturbée en ce moment. Elle essayait d'être rassurante.

— Et c'est pour cette raison que tu penses avoir le droit d'être si hautaine avec moi ? Tu sais bien que tu peux me raconter. Tes joies, tes malheurs ou ce que tu veux. Mais n'utilise pas ce ton avec moi, s'il te plaît.

Lisa s'en voulait de parler ainsi à son meilleur ami. Ce n'était pas dans ses habitudes, mais la situation était exceptionnelle. Elle ne parvenait pas à maîtriser ses émotions comme elle le voudrait et venait de s'en apercevoir.

– Excuse-moi. J'attends un appel téléphonique très important. Je t'expliquerai plus tard. Je t'appelle dès que je peux. Salut !

Sans plus de ménagement, Lisa raccrocha, ne laissant pas à son interlocuteur le temps de répondre. Rien à ce moment n'aurait pu la faire sortir de son appartement et risquer de manquer l'appel qu'elle attendait avec tant d'impatience. Ce n'était pas raisonnable de rester dans l'attente d'un hypothétique coup de fil, mais elle n'était pas capable de vaquer à d'autres occupations.

Elle s'écroula sur le fauteuil à côté du canapé. Elle commençait à avoir froid et eut du mal à se lever pour aller s'essuyer, assommée par la déception. Elle savait qu'il n'appellerait pas. Tous ses espoirs s'estompaient au fur et à mesure que les minutes filaient.

Lisa avait le sentiment d'être tombée dans un piège sans même l'avoir vu arriver. Elle se remémora sa période adolescente où des garçons, plus âgés qu'elle, essayaient de la persuader de sortir avec eux. Ils lui faisaient miroiter monts et merveilles, mais elle avait toujours su que leur objectif était de la mettre dans leur lit. Elle ne s'était jamais laissé duper et avait résisté à la tentation. Il avait suffi qu'un jour cet homme débarque avec son sourire et ses paroles mielleuses !

Elle fit quelques pas lourds et traînants quand une sonnerie retentit. Loin de s'affoler comme la première fois, elle prit le temps d'avancer mollement vers le téléphone. Ce ne fut qu'à la huitième sonnerie qu'elle décrocha le combiné.

– Je t'ai dit que je t'appellerai plus tard, répondit-elle énervée.

Elle faillit une nouvelle fois raccrocher quand la personne de l'autre côté lui répondit :

– D'accord, mais tu n'as pas encore mon numéro de téléphone !

Elle n'y croyait plus. Pourtant, elle était en train de lui parler. Il l'avait appelée comme il l'avait promis avant de partir du magasin. Il avait tenu parole. Lisa avait envie de pousser un cri de joie et de soulagement, mais elle se retint en réalisant qu'il l'entendait.

Son rythme cardiaque s'accéléra. Un doute s'installa et Lisa eut du mal à croire qu'il s'était finalement manifesté.

Il est vrai qu'il n'avait pas beaucoup parlé dans la boutique et elle hésitait.

Était-ce vraiment Stéphane ? Peut-être est-ce un fournisseur avec la même voix que lui. Tout était possible. Même si elle s'était déjà emballée, peut-être qu'elle était dans l'erreur. Peut-être pas.

– Stéphane ? osa-t-elle timidement, sachant au fond d'elle-même qu'il s'agissait de lui.

Elle ne pouvait pas se tromper, c'était impossible. Elle l'entendit parler de nouveau :

– Oui. J'ai pensé à toi toute la journée et j'ai envie de te revoir, Lisa. Nous avons passé un très agréable moment et j'aimerais prolonger cet instant.

Ces propos la mirent dans tous ses états. Elle était rassurée et soulagée, mais ne voulait pas le laisser transparaître.

– Je ne savais pas si tu allais appeler. Je suis contente que tu l'aies fait. J'ai envie de te revoir aussi.

Ces paroles étaient sorties machinalement. Lisa ne savait quoi dire d'autre et elle resta bloquée sur ces derniers mots. Comme sa mère lui avait dit un jour, si tu montres à un homme que tu étais attachée à lui, il ne fera plus aucun effort. Garde de la distance, montre quand même que tu lui portes de l'intérêt, mais jamais tu ne dois laisser transparaître un emportement. Cela te porterait préjudice plus tard, ma fille. Elle avait retenu la leçon.

Stéphane continua la conversation :

– Quand es-tu disponible ? On pourrait se voir demain. Qu'en dis-tu ?

Après un moment d'hésitation, elle répondit :

– Oui, c'est parfait pour moi ! Est-ce que neuf heures ça te conviendrait ?

– Pas de problème, conclut Stéphane.

– On se rejoint devant ma boutique ? Je pense que tu sauras la trouver…

Elle raccrocha, tout émue.

Quel soulagement ! Lisa se laissa tomber sur le canapé. Elle respira un grand coup. Son rythme cardiaque ralentit et elle retrouva le calme. Ce n'était qu'un appel téléphonique, mais pour Lisa, c'était bien plus. Il avait pensé à elle, il l'avait contactée comme prévu. Elle ne s'était pas imaginé n'importe quoi. Il avait tenu parole et en faisant cela, elle retrouvait un peu de sa fierté de femme. Elle n'avait pas été qu'un objet sexuel à sa disposition. Il la considérait elle en tant que personne.

Stéphane n'était donc pas un goujat et elle l'intéressait suffisamment pour qu'il veuille la revoir. Elle en était plus qu'heureuse.

Évidemment, elle pensa à laisser sa boutique fermée le lendemain. Toute joyeuse, Lisa ne put s'empêcher de téléphoner à son meilleur ami Luc, pour qui elle n'avait quasiment aucun secret et qui partageait sa vie depuis si longtemps.

Elle n'avait jamais rencontré un homme comme Luc, qui savait être aussi attentif. Il la conseillait pour qu'elle prenne les bonnes décisions dans les moments d'hésitation.

Depuis toujours, Lisa avait senti cet aspect particulier de Luc. Elle ne savait pas si cela était dû à son homosexualité, mais il avait une capacité d'écoute très développée, une douceur particulière pour lui dire les choses qu'elle ne voulait parfois pas entendre.

Tout était plus simple avec Luc qu'avec quiconque. Pas de jugement, une ouverture d'esprit sans égale, mais surtout une compréhension hors norme. Il avait toujours été juste avec elle. Elle pouvait se confier et se fier à lui sans réserve. Son amitié et son affection malgré les années étaient toujours indéfectibles. À aucun moment il ne lui avait fait de mal ou réservé un coup tordu, comme il n'a jamais cherché à la blesser, de façon volontaire ou non. C'était une bonne âme comme on en compte peu aujourd'hui. Une belle personne sans aucune once de méchanceté.

Luc avait toujours représenté la stabilité, une sorte de pilier sur lequel il était toujours agréable de s'appuyer. Elle aurait pu lui confier sa vie, sans réfléchir et sans éprouver la moindre peur.

Bien qu'ayant un passé tragique et une vie qui ne l'avait pas non plus gâté, Luc croyait toujours en la bonté des individus. Il était convaincu non pas que le mal engendre le mal, mais que le bien engendre toujours le bien. Sans même penser à se mettre une serviette autour des hanches ou à passer un vêtement pour s'habiller, c'est entièrement nue qu'elle l'appela.

Elle espérait qu'il se trouverait encore dans son appartement et que son appel ne retentirait pas dans le vide.

Lisa ne pouvait contenir autant de joie sans la partager à quelqu'un. Après tant d'interrogations et de remises en question de son comportement avec Stéphane, elle était rassurée. Elle n'avait finalement pas fait le mauvais choix en s'abandonnant, corps et âme.

CHAPITRE 9

Paris – juillet

Luc était un ami de longue date. Lisa et lui avaient grandi ensemble. Malgré une séparation de plusieurs années à cause de leurs études, ils étaient toujours restés en contact. Une sorte de synergie s'était opérée entre eux, renforcée peut-être par les sentiments que Lisa avait éprouvés pour lui au début de leur rencontre.

Lisa n'était pas tombée éperdument amoureuse au premier contact. Elle avait trouvé Luc certes attirant, mais ce n'avait pas été le coup de foudre.

Pendant son adolescence, Lisa n'a jamais fait partie de ces filles capables de faire tout et n'importe quoi pour un garçon sous prétexte de l'aimer. Elle n'avait jamais séché les cours, jamais fugué, ni menti à ses parents. Elle n'avait d'ailleurs jamais compris l'attitude rebelle et inconsciente de toutes ces écervelées qui étaient même prêtes à avoir des relations sexuelles avec n'importe qui pour faire plaisir à leur petit ami. C'était un concept et un comportement que Lisa exécrait. Il lui était inconcevable de nier sa propre personne soi-disant par amour.

Avant d'aborder Luc, elle l'avait longuement observé et même épié à certains moments. Elle avait guetté ses relations, ses réactions ainsi que son attitude pendant les cours.

Lisa avait bien vu que sous son apparence d'homme fort et infaillible se cachait une grande sensibilité.

Elle décida de provoquer la rencontre. À l'issue d'un cours, elle le bouscula. Et ce fut tout naturellement que la discussion se mit en place. Chaque jour depuis, ils s'attendaient et déjeunaient ensemble. Un lien très fort les unissait.

Malgré tout, Lisa sentait une réticence de la part de Luc. Depuis longtemps, elle avait compris qu'un secret l'empêchait de se livrer complètement.

Elle le sentait parfois sur la défensive. Lisa ne savait pas à quoi attribuer cette attitude. Jusqu'à ce qu'il lui révèle sa préférence pour les hommes. Luc lui avait expliqué qu'il était né ainsi et qu'il avait toujours éprouvé cette attirance.

Contrairement à ce que certains esprits étroits et rigides pensaient, Lisa savait qu'il en était ainsi et elle l'avait accepté. Après tout, pourquoi rejeter quelqu'un pour ses pratiques sexuelles, sa couleur de peau ou sa religion ?

Luc, ami et confident de Lisa, était toujours prêt à l'aider. Dans les moments difficiles comme dans les moments les plus heureux, il était présent tout simplement. Elle savait qu'elle pouvait compter sur lui.

Lui aussi avait enduré des moments difficiles. Ne sachant pas quoi faire de sa vie, il avait d'abord entrepris des études d'art dramatique. Il excellait dans ce domaine.

C'était simple. Il n'avait qu'à puiser dans sa propre souffrance et l'exprimer sur scène. C'était une sorte d'exutoire.

Malgré une enfance heureuse, Luc éprouvait constamment un sentiment de mélancolie. Lisa ne savait pas pourquoi il ressentait ça, mais elle le comprenait. Elle savait qu'au fond de lui, quelque chose dormait, quelque chose qui n'avait pas encore fait surface, mais qui, au fur et à mesure des années, remontait plus haut, encore et encore.

Aujourd'hui, Luc était heureux. Il avait rencontré, il y a plus de deux ans déjà, un homme qui le comblait. Il lui en parlait souvent. Bien malgré lui et contre toute attente, cet homme avait surgi de nulle part et lui avait fait connaître l'amour, le vrai. Il ne savait pas où cela allait le mener.

Il souhaitait vivre cet amour pleinement, sans contrainte et sans barrière. Simplement vivre sa vie. La vraie.

Luc oubliait ses moments de galère et de solitude lorsqu'il était avec son compagnon. Sa période sombre, parfois même suicidaire, était loin derrière lui, mais elle réapparaissait quelquefois.

Lisa s'essuya, brûlant d'envie de raconter son histoire à Luc. Elle composa son numéro de téléphone.

– Oui, allô ?

Entendre sa voix à ce moment-là, c'était comme manger un gâteau quand une envie de sucre se faisait sentir.

– C'est Lisa. Excuse-moi pour tout à l'heure, mais j'attendais un appel important.

– Un appel si important que cela excuse la façon de m'avoir jeté tout à l'heure ?

– Oui. Mon excuse s'appelle Stéphane. Et je vais tout t'expliquer.

Elle lui raconta dans les moindres détails la scène dans la boutique, son arrivée, son excitation montante ainsi que leurs ébats.

– Ma vieille, tu ne t'ennuies pas au moins ! Toi qui es si timide, comment as-tu pu faire une chose pareille ? Je ne te reconnais pas là, Lisa. C'est incroyable. Que cela puisse m'arriver, pourquoi pas, mais à toi, c'est effarant.

– C'est difficile à expliquer. Dès qu'il est entré, j'ai su qu'il se passerait quelque chose. Je n'ai pas pu résister à cette attirance. Qu'est-ce que tu en dis ? Je sais que tu as toujours été de bon conseil.

– Que tu as peut-être eu un moment de folie, va savoir ! Qu'un moustique t'a transmis une maladie inconnue qui te pousse à faire n'importe quoi.

– Pfff. J'étais consciente de ce que je faisais, mais une force en moi me poussait à aller vers lui. C'est difficile à expliquer tant qu'on ne l'a pas vécu.

– Je sais de quoi il s'agit. C'est ce qu'on appelle une poussée d'hormones ! dit-il avec un rire étouffé.

– Merci, je savais que je pouvais compter sur ton sérieux, déclara Lisa, blasée.

– Je t'en prie. Que comptes-tu faire ensuite ? Tu t'es amusée et cela devait être bon. Je te jalouse même un peu, car ce type de scène, on ne voit ça qu'au cinéma. Que va-t-il se passer maintenant ? Tu comptes le revoir ?

– Stéphane vient de me téléphoner. Nous nous sommes donné rendez-vous demain matin. Je ne sais pas encore ce qui est prévu, mais il y a tant de choses à faire ! J'ai envie de le découvrir, de connaître son univers et d'être avec lui constamment.

Lisa n'avait jamais connu une attirance aussi forte et soudaine pour un homme. Elle était passionnée, mais en même temps effrayée.

– Calme-toi. Ne va pas si vite. Tu as fait l'amour une fois avec lui et l'on a l'impression que tu veux déjà devenir sa femme ! Reprends vite tes esprits, car la chute risque d'être dure. Tu ne connais rien de lui !

– J'en saurai plus demain lors de notre rendez-vous. Je vais me coucher, car demain risque d'être une journée chargée en émotions. Je te tiendrai informé. Et puis un rendez-vous, ça n'engage à rien. Au mieux, cela confirmera ce que je ressens. Au pire, on aura passé un moment agréable sans qu'il y ait d'autres rencontres.

– D'accord, pourquoi pas. Mais fais attention quand même. Ce type, tu ne le connais pas. Tu ne sais pas qui il est ni ce qu'il pourrait être.

Luc était d'un naturel méfiant. Il ne croyait pas au conte de fées. Avec ses mauvaises expériences et certaines rencontres exaltées, il restait circonspect quant à la bonté humaine.

Toujours écouter et observer avant de se lancer dans une relation amicale ou amoureuse. C'était son mode de fonctionnement aujourd'hui. Luc adorait la vie, mais certaines relations pouvaient être toxiques. Il avait appris à s'en protéger pour ne plus souffrir ou être utilisé par des individus manipulateurs.

– Oui, je ferai attention. Rassure-toi ! Passe une bonne nuit. À demain, je t'appelle en rentrant.

– Toi aussi. Passe une bonne nuit.

Lisa s'endormit en toute quiétude. Depuis très longtemps, elle ne se réveilla pas brusquement en criant, le corps en sueur.

Elle avait toujours refusé de consulter un psychologue, mais son esprit et son subconscient n'avaient rien oublié de ce qu'il s'était passé. Comme une piqûre de rappel, la nuit, ses souvenirs remontaient à la surface. Elle revivait la scène, son impuissance et la mort de ses parents.

Malgré cet événement dramatique, Lisa avait su se construire, rester seine d'esprit et mener une vie normale. Elle cloisonnait ce drame des autres épreuves. Dans sa tête, elle rangeait de façon schématique ses malheurs, dans des tiroirs virtuels composant une grande armoire. Parfois et contre sa volonté, certains tiroirs s'ouvraient, lui occasionnant de grands moments de tristesse qu'elle conservait par-devers elle.

Lisa bouillait à l'idée de rencontrer une nouvelle fois Stéphane. À cet instant, son esprit était joyeux et totalement accaparé par lui. Tous ses problèmes semblaient être mis entre parenthèses. Comme presque oubliés.

Seul le radio-réveil la tira de sa profonde léthargie.

CHAPITRE 10

Paris – août

Au réveil, Lisa décida de prendre du temps pour le petit-déjeuner. Ce qui n'était pas dans ses habitudes. Pourquoi se mettre à table, se préparer à manger lorsque l'on est seul ? C'était des instants perdus pour Lisa qui très souvent sautait cette étape de la journée, mais pas ce matin. Elle souhaitait faire le plein d'énergie. Elle pressa deux oranges et avala des céréales. Aujourd'hui était un moment particulier. Il y avait longtemps qu'elle n'avait pas eu cette sensation. Prendre soin de soi, s'appliquer pour se maquiller et s'habiller pour plaire à l'autre. Elle était en pleine forme et de surcroît amoureuse. Même si elle n'avait pas encore mis ce mot sur ses sentiments.

Elle portait une robe de couleur bleu ciel uni qui lui arrivait légèrement au-dessus du genou, ce qui mettait en valeur ses longues et fines jambes.

Lisa avait décidé de mettre le même parfum que la veille. Il lui avait plu, semble-t-il. Elle avait laissé ses longs cheveux libres afin de paraître plus sensuelle.

Elle était prête et c'était l'heure de partir.

Elle sortit et marcha en direction de sa boutique. Le soleil était déjà présent dans les rues. Plusieurs fois, elle remarqua le regard furtif d'hommes plus ou moins jeunes qu'elle croisait, mais à sa grande surprise, de quelques femmes également. Lisa en fut amusée et continua son chemin d'un pas léger et fluide.

Elle attendit environ cinq minutes devant la boutique lorsqu'il apparut. Habillé d'un pantalon gris foncé, d'une chemisette couleur bleu royal, il tenait à la main un bouquet de fleurs qu'il lui offrit en arrivant. Sans même échanger un mot, ils s'embrassèrent en guise de bonjour.

– Merci. Elles sont très jolies. Je vais les mettre dans la boutique.

– J'ai beaucoup pensé à toi. Je n'ai pratiquement pas fermé l'œil de la nuit.

– Moi non plus, mentit-elle.

Ils se baladèrent sur les berges le long de la Seine. Ils commencèrent leur longue promenade près du pont de l'Alma, passèrent ensuite devant le pont des Invalides, l'Assemblée nationale et pour finir devant le musée d'Orsay.

Lisa était heureuse. Pendant cette excursion, Stéphane la tenait serrée près de lui par la taille. Ils s'arrêtèrent sur un banc quelques instants et profitèrent de ce moment de bonheur.

Ce sentiment de bonheur interrogeait Lisa. Était-ce dû à cette impression de compter pour l'autre ? D'être l'objet de toutes ses attentions ou bien cette sensation qu'une partie de soi appartient à l'autre ? Elle n'aurait su le dire. Le fait d'être en couple bouleversait toutes ses perspectives sur l'avenir.

Ils continuèrent leur chemin vers l'île de la Cité où leur tranquillité fut dérangée par quelques bateaux et autres péniches. Après cette promenade romantique, Lisa commença à avoir faim.

– Si nous allions prendre le déjeuner ? suggéra-t-elle.

– Excellente idée, dit Stéphane qui la regardait d'un air heureux. De quoi as-tu envie ?

– Indien. Sans hésiter. J'adore la cuisine indienne.

Après avoir mangé leur poulet tandoori, ils quittèrent le restaurant et passèrent le reste de la journée à faire les touristes. D'abord en commençant par visiter les salles égyptiennes du Louvre, ainsi que la crypte située en face de l'église Notre-Dame sur l'île de la Cité.

– Dis-moi ce que tu aimes faire dans la vie, demanda Lisa curieuse.

– Des choses simples. J'aime les longues promenades comme on vient de le faire. Aller au cinéma, je suis plutôt branché films noirs et de science-fiction. J'apprécie toutes les sorties culturelles : théâtres et musées notamment. Et toi ?

– J'ai à peu près les mêmes centres d'intérêt. J'essaie de profiter de la vie, car tout peut s'arrêter un jour ou l'autre. Alors autant vivre l'instant présent comme si c'était le dernier. Au moment de prononcer cette phrase, c'est comme si elle recevait une claque en plein visage. La mort de ses parents lui revint en vision fantôme. Elle ne pouvait contrôler la résurgence de ce pénible moment, mais essaya de le chasser.

Lisa tut à Stéphane son passé douloureux. Ce n'était pas le moment et elle ne souhaitait pas qu'il s'apitoie sur son sort. Elle essayait de contrôler l'émotion qui remontait en elle.

– Ce que je préfère, c'est ce que les autres peuvent m'apporter. Je n'ai pas l'esprit fermé et souhaite que les gens que je connais partagent avec moi leurs cultures, leurs religions ou leurs univers.

– C'est toute une philosophie ! remarqua Stéphane. Mais tu as raison, c'est une autre façon de voir la vie. Moi, je me méfie des gens en général. Ils peuvent être très mauvais et ne penser qu'à te détruire.

Stéphane devint bien lugubre à la grande surprise de Lisa. Peut-être une mauvaise expérience dans le passé dont il ne voulait pas parler maintenant. Lisa s'en moquait. Elle était heureuse et c'est tout ce qui comptait. Ils finirent leur journée chez Lisa. Le dîner fut vite expédié.

Lisa oublia complètement de téléphoner à Luc. À ce moment précis, rien d'autre ne comptait. L'amour qu'elle ressentait pour Stéphane la séparait des autres, du monde. Elle voulait s'enfermer dans cette bulle et laisser le reste à l'extérieur. Toute son attention, ses intentions et ses envies étaient dirigées vers son nouveau couple. La vie n'offrait que peu de moments de bonheur. Ils semblaient si fragiles et éphémères qu'elle ne voulait en perdre aucun.

Elle succomba à la vigoureuse montée de désir qui envahissait son corps. Elle réclamait à cet instant de la tendresse et de l'amour. Leurs ébats continuèrent une bonne partie de la nuit et ils s'endormirent l'un contre l'autre.

CHAPITRE 11

Paris – octobre

Les semaines, puis les mois s'écoulèrent. L'entente entre Lisa et Stéphane ne semblait souffrir d'aucune ombre. Il y avait bien quelques tensions parfois, mais le dialogue permanent qui était leur priorité leur permit de les résoudre sans aucune difficulté.

Lisa décida d'organiser une rencontre entre Luc et Stéphane. Il était important qu'ils se connaissent, car ils étaient les deux hommes qui comptaient le plus pour elle. Elle avait choisi le milieu neutre d'un restaurant où elle avait l'habitude d'aller. Ils avaient rendez-vous à douze heures trente.

Lisa et Stéphane étaient déjà assis lorsque Luc arriva. Luc embrassa Lisa et serra la main de Stéphane. Tout en se saluant, ils se jaugèrent l'un et l'autre.

Luc était tendu. Lisa n'avait aucun mal à le ressentir.

– Je pense que vous avez déduit qui était qui. Je n'ai pas besoin de vous présenter, amorça-t-elle pour essayer de détendre l'atmosphère.

Ils s'assirent ensemble à la table et commandèrent quelques hors-d'œuvre. Luc n'aimait pas cet homme. C'était physique. Un sentiment étrange, une noirceur impalpable qu'il n'arrivait pas encore à déterminer l'avait saisi dès qu'il l'avait aperçu. Luc entama la discussion, ne voulant pas envenimer la situation et mettre Lisa mal à l'aise.

– Oui, tu as raison, Lisa. Alors comme ça, tu es vendeur ? demanda poliment Luc.

— Effectivement, je vois que Lisa t'a bien renseigné. Et toi, d'après ce que je sais, tu ne travailles pas. Comment occupes-tu tes longues journées ? Enfin, je veux parler de tes demi-journées, car tu as la chance de pouvoir faire la grasse matinée. Je pense que tu dois en profiter, n'est-ce pas ?

En débitant ses mots, Stéphane avait un léger sourire au coin des lèvres. Était-ce du mépris, de l'arrogance ou du défi qu'il perçut sur le visage de Stéphane ? Luc n'aurait su le dire, mais il ne se laissa pas désarmer par sa petite réflexion et son attitude.

— Tu sais, Stéphane, ce n'est pas parce que je ne travaille pas que je me sens inutile. Au contraire. J'ai de nombreuses activités, associatives notamment. Lorsque je n'ai pas de boulot, je le passe à aider les autres. Je ne sais pas si toi de ton côté tu en fais autant.

La tension était palpable. Les deux hommes se détestaient d'instinct, avant même de se connaître. Dans un temps bien reculé, un combat à mains nues aurait commencé : coups de poing, de bâton et de tout autre objet qui aurait pu leur tomber sous la main. Le vainqueur dominerait le vaincu. Il emporterait la femelle conquise au fond de sa grotte pour concrétiser sa domination.

Dans notre société civilisée, la joute entre nos deux combattants resta verbale, les mots remplaçaient les armes.

Le sourire de Stéphane s'estompa rapidement. Déstabilisé par la repartie de Luc, il ne savait comment répliquer. Il perdit la première manche d'un combat qu'il se sentait obligé de mener et de gagner. Lisa écoutait, impuissante devant le sentiment antipathique qui animait les deux hommes. Elle ne comprenait pas leurs réactions. Peut-être s'agissait-il d'une rivalité masculine. Mais c'était tellement désuet !

— Je vois que vous êtes faits pour vous entendre tous les deux. Je ne sais pas ce qui vous prend, mais vous vous comportez comme deux gamins qui se chamaillent pour un jouet.

Énervée et déçue par le comportement des hommes qui l'accompagnaient, Lisa se leva et sans dire un mot s'en alla. Luc et Stéphane se regardèrent et ne réagirent pas immédiatement. Plus tard, ils sortirent l'un après l'autre du restaurant sans même échanger un seul mot. Cette première rencontre avait dissuadé Lisa d'en organiser une nouvelle, ne fût-ce que pour prendre un verre avec Luc et Stéphane.

Luc rendait visite à Lisa de temps en temps, mais ses visites s'espacèrent de plus en plus. Il savait très bien que sa place n'était plus la même depuis l'arrivée de Stéphane.

Même si Stéphane avait tout bouleversé, il formait malgré tout un couple uni avec Lisa. Dorénavant, il se tenait à l'écart, presque honteux. Luc ne savait pas comment se placer et il ne savait pas non plus quel comportement adopter. La seule certitude qu'il avait, c'était qu'il avait mal.

Sa meilleure amie faisait maintenant son propre parcours sur le chemin tumultueux de la vie. Il devait se tenir éloigné, voilà tout.

Un jour, Luc passa sans prévenir pour lui faire une surprise. Lorsqu'il sonna, ce fut Stéphane qui ouvrit la porte. Le simple fait d'être en face de lui l'énervait.

Il hésita entre partir sans un mot ou risquer une nouvelle confrontation. Son envie de voir Lisa était plus forte. Il resta et s'adressa à Stéphane d'un ton qui se voulait le plus neutre possible.

– Bonjour, Stéphane. Est-ce que Lisa est là ?

– Non et elle ne sera pas présente de la journée.

Luc trouva Stéphane étrange. Il n'avait ouvert la porte qu'à moitié ; il lui parlait sèchement.

– Lisa n'a plus besoin de toi maintenant. Je suis là et je lui suffis. Tu ne peux pas lui apporter ce que je lui donne déjà.

Votre relation devra se terminer. De toute façon, nous allons déménager. Va-t'en. Et ne reviens plus !

Stéphane disparut et la porte de l'appartement claqua. D'abord abasourdi, Luc ne comprit pas immédiatement.

En se comportant ainsi, Stéphane avait déclenché une étonnante envie de réflexion et de compréhension dans l'esprit de Luc. « Pourquoi agit-il ainsi ? Aurait-il quelque chose à cacher ? Pourquoi est-ce que je le gêne autant ? », se demandait-il.

Les questions fusèrent et Luc s'empressa de les ranger dans les tiroirs de sa mémoire. Même s'il n'avait aucune réponse pour le moment, un jour ou l'autre, la lumière sera faite.

Il rentra chez lui presque plus heureux de ce qui venait de se passer que s'il avait rencontré Lisa.

Luc décida de ne pas en parler à Lisa. Son amitié pour elle était plus importante que tout. Ses rendez-vous et sorties avec Lisa s'espacèrent de plus en plus pour finir par cesser. Ils ne perdirent pas contact, mais ne se voyaient plus comme avant, avant l'arrivée de Stéphane.

Lisa commençait une nouvelle vie dont apparemment il ne faisait plus partie. Il fallait qu'il l'accepte et qu'il se résigne.

CHAPITRE 12

Paris – Noël

Les fêtes de Noël arrivèrent : les décorations dans les rues, les pères Noël et, année exceptionnelle, de la neige. Lisa aimait se promener dehors pendant cette période. Emmitouflée dans un grand manteau, cachant du mieux possible ses mains, elle vagabondait, entre les odeurs de marrons grillés, de chocolats et de parfums luxueux. Elle s'imprégna de cette ambiance festive et chaleureuse, du sourire émerveillé des enfants devant les vitrines animées des grands magasins. Lisa aussi s'arrêtait de temps en temps devant ces vitrines.

D'abord attirée par les jouets, les couleurs et les chaudes lumières qui s'en dégageaient, elle glissait son regard vers ces familles si heureuses. Vers ces parents qui s'occupaient généreusement de leurs enfants.

Elle avait envie également de vivre ça. Son horloge biologique commençait vraiment à se réveiller. Lisa se sentait prête à fonder une famille et à endosser le rôle de mère. Elle préparait Noël amoureusement avec Stéphane.

Ils avaient décidé de ne rien organiser et de faire appel à un traiteur. Ils restèrent un long moment dans les bras l'un de l'autre à observer les flâneurs. Ils éteignirent les lumières de l'appartement et purent ainsi épier les badauds sans être vus. Ce n'était pas de la curiosité mal placée, mais simplement l'envie de voir les promeneurs déambuler et s'agiter.

Ils captaient quelques bribes de la vie de gens anonymes dont ils distinguaient à peine les visages.

Lisa avait pris soin d'orner l'appartement. Elle se faisait une joie d'accueillir l'esprit de Noël dans sa demeure. Elle avait acheté boules et guirlandes décoratives de couleur rouge et blanche. Elle avait demandé l'assistance de Stéphane, car il lui importait qu'il y prenne part.

À son plus grand regret, il s'en désintéressait complètement. Qu'importe, elle était fière du résultat, même si Stéphane n'avait émis aucun commentaire sur ses efforts de décoration.

Après le repas, Stéphane se dirigea vers le sapin et prit une petite boîte ainsi qu'une enveloppe, tous deux recouverts de papier-cadeau.

– C'est ton cadeau de Noël, ma chérie, lui dit-il en lui tendant ce qu'il venait de ramasser près du sapin.

Lisa saisit les cadeaux avec un sourire d'enfant en embrassant Stéphane pour le remercier. Elle ouvrit d'abord la boîte et y trouva une simple clef. Un peu surprise, elle interrogea Stéphane du regard.

– Ouvre l'enveloppe, tu comprendras mieux.

Rapidement, elle déchira le haut de l'enveloppe et en sortit une photographie. Elle y distinguait une maison en pierre, entourée d'une gigantesque forêt. Un lac bordait la maison qui se reflétait comme dans un miroir. L'ensemble ressemblait à une maison typique de la province du Québec.

– Tu m'offres une maison ?

La question sembla stupide dans la bouche de Lisa, mais elle fut tellement surprise par ce cadeau qu'elle ne savait pas quoi dire.

– Oui, mon amour. Je pense qu'il est temps pour nous de vivre ensemble. J'ai attendu si longtemps avant de t'en parler. Cette demeure se situe à Armont. C'est une petite ville du sud-est de la France. C'est une maison familiale que j'ai eue en héritage à la mort de ma mère, mais je n'y ai jamais habité.

Lisa était prise au dépourvu. Pour une surprise, c'était une véritable surprise. Les idées commençaient à s'enchaîner dans sa tête.

– C'est formidable ! Mais je ne peux pas partir sans travail et laisser ma boutique.

– Je me suis renseigné il y a peu de temps. Je sais qu'ils recherchent à Armont une personne pour rouvrir et s'occuper de la bibliothèque municipale. Je pense que cela te conviendrait parfaitement. Pour mon travail, j'ai déjà demandé ma mutation.

Lisa fut soufflée. Pourquoi ne pas avoir parlé de cette maison plus tôt ? Jamais il n'en avait dit un seul mot. Et tous ces projets réalisés dans son dos. Comme s'il voulait planifier sa propre vie. C'était trop pour elle. Son instinct d'indépendance se manifesta. Elle n'appréciait pas du tout ce genre de surprise.

Elle s'interrogea et calma sa colère.

– Pourquoi ne pas en avoir parlé plus tôt ? finit-elle par lui demander.

– Je voulais te faire la surprise. Si je t'en avais parlé avant, elle aurait été gâchée pour toujours.

Lisa ne fut pas satisfaite de sa réponse. Ça fait plus d'un an et demi que nous sommes ensemble et il ne m'avait jamais parlé de ça, se dit-elle. Il aurait pu m'en parler à Noël dernier. Que me cache-t-il d'autre ? Garde-t-il d'autres secrets ? Cette idée ne resta pas longtemps à l'esprit de Lisa. Elle pensa à l'histoire de ses parents qu'elle ne lui avait jamais racontée. Ils avaient tous les deux leurs propres secrets.

Trop de pensées contradictoires se bousculaient dans sa tête. Après tout, il est peut-être plus simple de se laisser porter par les événements, même si ce n'était pas elle qui les avait choisis ni élaborés. Elle lui répondit.

– Merci mon amour !

Elle se précipita vers lui, l'entoura de ses bras et le serra très fort. Son esprit ne s'était pas apaisé pour autant, mais au moins essayait-elle de remercier l'homme qui venait de lui faire ce présent comme il se devait.

– Mon cadeau ne sera pas aussi… surprenant, hésita-t-elle.

Il découvrit un pull en laine de couleur grise et une écharpe marron assez classique.

– Cela me convient parfaitement. Merci beaucoup ma chérie.

Un baiser vint terminer sa phrase. La nuit de Noël fut assez calme. Du moins en apparence, car Lisa n'avait cessé de réfléchir jusqu'au petit matin. Partir de Paris. Quitter sa boutique et recommencer une nouvelle vie dans un endroit qu'elle ne connaissait pas. Découvrir une autre région. Elle aurait été incapable de faire ces choix si elle était restée seule.

Après tout, que lui restait-il ici ? Elle n'avait plus aucune famille, mais elle possédait toujours la boutique. Depuis tant d'années, elle avait vécu avec et pour son commerce. Vécu dans le souvenir de ses parents qu'elle aidait, dans l'odeur des meubles anciens mélangée au parfum si agréable de sa mère.

Peut-être était-il temps de changer d'air, de ne plus vivre dans le passé. Surtout lorsqu'il était chargé de blessures et de tristesse. Pourquoi ne pas prendre un nouveau départ ?

Elle était affolée à l'idée de partir en territoire inconnu. Le plus dur pour elle serait de ne plus pouvoir contrôler les événements et d'être obligée de prendre de nouvelles décisions avec Stéphane. Sa longue réflexion nocturne avait fini par être positive et elle se persuada du bien-fondé de son choix.

Il lui restait un point important à aborder et un problème à résoudre.

Demain, elle profiterait de sa pause déjeuner pour aller voir Luc.

CHAPITRE 13

Paris – janvier

La neige avait continué à transformer le paysage en décor. Les routes et les trottoirs recouverts de neige emplissaient les enfants de joie, mais elle avait transformé le quotidien de nombreux automobilistes en cauchemar : routes bloquées, trajets interminables et pannes diverses. Une fine pellicule de cette délicate substance paralysait une partie du pays.

Lisa et Luc s'étaient donné rendez-vous dans un restaurant. Le petit chinois du coin. Bien que peu intime, le cadre était très agréable. Alors que Luc patientait, Lisa arrivait joyeuse, d'un pas léger.

– Je ne t'ai pas trop fait attendre, j'espère.

Luc espérait cette rencontre depuis longtemps. Il pourrait enfin lui exprimer son ressentiment et ses craintes.

– Cela doit faire presque un an que j'attends.

– De quoi parles-tu ?

– Depuis que tu es avec Stéphane, tu m'as mis de côté. Non pas que je sois plus important que lui, mais nous nous connaissons depuis très longtemps. Je redoutais un peu le moment où tu rencontrerais quelqu'un, mais je pensais que notre relation ne serait pas ainsi amputée.

– Tu es gonflé de dire ça. C'est toi qui ne passais plus nous voir. Si j'avais eu un problème avec toi, je t'en aurais parlé !

– Ce n'est pas de toi que vient le problème.

– Tu parles de Stéphane ? Il t'a toujours accueilli les bras ouverts !

Lisa s'emporta. Il lui raconta alors la scène lors de son passage.

– C'est n'importe quoi ! Il était peut-être de mauvaise humeur. Ou tout simplement occupé. Il n'a pu te dire ça. Tu te trompes.

Chacun campa sur ses positions. Luc ne voulait pas envenimer la situation et passa sous silence les appels où on lui avait raccroché au nez, les courriers qui n'étaient jamais arrivés, sans parler des mails jamais reçus.

Le repas fut très silencieux. Ce n'était pas la première fois qu'ils n'étaient pas d'accord, mais cela n'avait jamais entamé leur amitié. Lisa fut la première à briser la glace. Elle ne prit pas de chemin détourné et essaya d'utiliser un ton courtois.

Sans trop savoir pourquoi, elle fut prise d'un sentiment de culpabilité. Elle venait de réaliser que son départ allait non seulement bouleverser sa vie, mais aussi celle de Luc.

Il est vrai que ses relations avec lui n'étaient plus les mêmes depuis l'arrivée de Stéphane, mais ce départ allait accentuer encore plus les difficultés de communication entre eux.

– Luc, il faut que je te dise : Stéphane et moi allons prochainement déménager. Il possède une maison de campagne à Armont, dans le sud de la France, déclara Lisa sans détour.

– De mieux en mieux. On ne pouvait difficilement faire pire. Non seulement je suis coupé de toi depuis que l'autre est entré dans ta vie, mais en plus tu vas rajouter une séparation physique entre nous de plusieurs centaines de kilomètres !

– Je t'en prie, Luc… dit-elle suppliante.

– Mais c'est pourtant vrai. Tu le sais. Que va-t-il rester de nous, de ce que nous étions, de l'équipe que nous formions ?

– On restera toujours en contact.

– Bien sûr ! Un appel par mois et une carte postale à Noël. C'est tout ce à quoi je vais avoir droit. Quel plaisir ! lança Luc, plaintif.

– J'ai déjà un travail sur place. Et Stéphane a demandé sa mutation.

– Il a tout prévu, ton chéri. C'est charmant. Je suis sûr qu'il a même pensé à l'extinction de notre relation. Il n'a peut-être même pensé qu'à ça en t'emmenant dans son trou perdu.

– Écoute, Luc, tu peux me dire ce que tu veux, je ne reviendrai pas sur ma décision. Cela me fait aussi mal qu'à toi, mais j'ai décidé de prendre un nouveau départ avec Stéphane.

– Mais tu es libre, Lisa, libre comme l'air. Et tu n'as aucun compte à me rendre.

– Tu n'as pas besoin de le préciser, murmura-t-elle.

– Je te mets en garde. Bien qu'il soit très gentil, Stéphane est parfois étrange. Si tu pars là-bas avec lui, tu seras seule. Aucun ami ne pourra t'aider si tu as le moindre problème.

– Je n'ai aucune crainte à avoir. Nous nous aimons et nous souhaitons être ensemble, mais avant de partir, j'ai un service à te demander. Ou plutôt une proposition commerciale à te faire.

– Je t'écoute.

– Je te propose du travail. Je sais qu'en ce moment pour toi c'est le calme plat côté activité professionnelle.

Après un moment d'hésitation, elle lui révéla sa proposition.

– Je n'ai pas l'intention de vendre ma boutique et j'aimerais que tu en assures la gérance à ma place.

Luc ne s'attendait pas du tout à ce genre de proposition. La boutique de Lisa, c'était toute sa vie, ses souvenirs et les derniers moments passés avec ses parents. Il ne l'aurait pas crue capable de s'en séparer un jour. Comment pouvait-elle même y avoir songé et, encore pire, vouloir s'en débarrasser ?

Lisa avait tout prévu. Elle lui expliqua qu'elle resterait la gérante et qu'il deviendrait le directeur commercial. Elle gérerait les aspects administratifs à distance grâce à Internet. Il ne fut pas difficile pour Luc d'accepter cette proposition, car c'était le seul lien réel et concret qui lui resterait avec Lisa après son déménagement.

Il accepta, mais à contrecœur. Lui dire oui, c'était dire oui à son projet de partir, de tout quitter pour ne vivre qu'avec Stéphane, mais avait-il le choix ? Essayer de l'empêcher de partir et lui mettre des bâtons dans les roues aurait peut-être gâché ce qu'il restait de leur amitié. Elle serait restée sur ce refus et lui aurait tourné le dos à tout jamais. Ce n'est pas ce que Luc voulait. Garder le contact, quel qu'il soit, c'était l'essentiel.

– Je suis soulagée que tu sois d'accord. Cette boutique représente beaucoup pour moi. Beaucoup plus que tu ne le crois.

Luc garda un goût amer de cette discussion. Il allait perdre de vue sa meilleure amie. Il ne serait plus là quand Lisa aurait besoin de lui. La vie devait continuer, pensa-t-il.

Chacun devait suivre son propre chemin. Il le savait. Mais cela lui semblait difficile. Il éprouva cette séparation, bien que seulement géographique, comme une nouvelle déchirure dans sa vie.

Abandonné et laissé à ses démons intérieurs, il ne savait pas encore survivre à ce déchirement.

CHAPITRE 14

Paris – février

Deux semaines passèrent et les cartons commençaient à s'empiler. La pluie n'avait cessé de tomber depuis plusieurs jours. Le climat gris et humide rajoutait à la scène une ambiance déjà pesante. Les rues et les routes étaient détrempées. Les arbres subissaient de grosses rafales. Ces dernières soufflaient fort et semblaient vouloir empêcher que Lisa déménage. On n'aurait pas pu espérer pire temps pour un départ.

L'appartement que Lisa occupait depuis quelques années était devenu un point de repère important. Il s'agissait de son lieu de vie intime. Elle eut du mal à se défaire de cet endroit, mais sa nouvelle vie lui ferait découvrir des choses qu'elle n'avait jamais connues auparavant. Son logement ne comptait pas de gros meubles, seulement le nécessaire. Seuls ses vêtements prenaient de la place. Elle possédait toute une collection de tenues, de chaussures assorties avec bien sûr le sac à main adapté.

Le jour du déménagement était arrivé. Lisa avait réglé tous les détails administratifs de son ancienne vie. Ce n'était pas une mince affaire, mais avec Internet, tout était plus simple.

Il ne restait plus qu'à emporter ses cartons. Stéphane s'occupa de débarrasser l'appartement en chargeant le véhicule. Au contraire de Lisa qui était stressée par la situation, Stéphane était plutôt calme et discipliné. Avec méthode, il enchaînait les allers et retours sans se plaindre de la tâche à accomplir. Elle lui était reconnaissante pour son attitude zen et posée.

Les pièces se vidaient au rythme des va-et-vient. Elle prêtait main-forte bien sûr, mais elle n'avait pas l'entrain qu'elle aurait espéré. C'est avec un pincement au cœur qu'elle quittait son studio. Il était petit, mais cosy. C'était son refuge.

Lisa se sentait dans un état second. Voir Stéphane avec ses cartons dans les mains, c'était comme si elle lui avait confié sa propre vie.

Le camion chargé, ils prirent la route du départ. Le chemin fut long et entrecoupé de petites siestes, de vues fugaces sur le paysage et parfois de quelques regards interrogateurs sur Stéphane. Il était concentré sur sa conduite, mais jetait quelques coups d'œil sur Lisa. Elle semblait s'être isolée. Renfermée, comme sa vie qui avait été empaquetée à l'arrière d'un véhicule.

– Tu peux encore dormir. La route n'est pas finie, lui glissa-t-il à l'oreille. Il se voulait rassurant, mais Lisa se demandait si elle avait fait le bon choix. Prise tout à coup d'un énorme doute sur sa décision, elle avait l'impression de faire le grand saut. Un bond dans le vide et l'inconnu. La présence de Stéphane la rassurait, mais une partie d'elle lui susurrait de tout arrêter. Elle n'écouta pas la petite voix effrayée et sourit à Stéphane. Un sourire forcé et vide d'émotion.

Après deux haltes pour se dégourdir les jambes et un plein de carburant, ils arrivèrent enfin à Armont. Ils ne passèrent pas par le centre-ville, mais par des chemins détournés. Enfin, ils pénétrèrent dans la forêt.

L'odeur du bois, des feuilles et de la terre fraîche réveilla les sens de Lisa. La fenêtre de la voiture entrouverte, elle sentit le vent frais sur sa joue, caressant ses cheveux. Elle dissipa ses doutes et ses pensées craintives. Elle se sentait bien à cet instant. Être dans cette forêt lui rappelait les souvenirs heureux de son enfance lorsqu'elle partait en week-end champêtre avec ses parents. Ce n'est pas à Paris qu'elle aurait connu de telles sensations. Il y avait malgré tout de très agréables parcs, mais en rien comparables avec une véritable forêt.

Lisa se revoyait enfant, ramassant une poignée de feuilles tombées au sol avec la venue de l'automne. Elle huma cette poignée qui mêlait les senteurs boisées et végétales du compost. Les couleurs jaunes et ocre qui recouvraient les végétaux, ainsi que les arbres mis à nu par les basses températures.

Stéphane l'arracha à sa rêverie. Elle sursauta lorsqu'elle entendit sa voix et revint à la réalité.

– Notre propriété commence ici, dit-il d'un ton neutre.

Lisa contempla le long sentier qui les mena jusqu'à la maison. Recouverte d'un épais tapis végétal et feuillu, l'allée s'enfonçait profondément dans la forêt, loin de la route nationale qu'ils venaient de quitter. Maintenant, à la lumière rassurante des lampadaires s'était substitué le clair de lune qui éclairait leur chemin.

Au moment de quitter la route asphaltée, Lisa eut le sentiment de pénétrer dans un domaine inconnu où elle n'avait aucun repère. Elle frissonna. Ses souvenirs de la forêt, toujours accueillante et pleine de vie, s'estompèrent. Ce sentiment angoissant refit surface, à son plus grand désespoir. Comment pouvait-elle être si soucieuse alors qu'elle allait réaliser l'un des rêves de sa vie : emménager avec l'homme qu'elle aimait. Ce moment aurait dû être joyeux. L'enthousiasme aurait dû l'emporter sur ses doutes. Mais il n'en était rien.

Ils arrivèrent près de la maison. Lisa distingua d'abord une forme blanchâtre qui se précisa de plus en plus. La maison étagée avait l'air d'être assez grande ; elle était en pierre, recouverte de lierre par endroits. Lisa aperçut aussi un tas de bois contigu à l'un des murs. Elle imaginait déjà les soirées devant le feu de cheminée, cajolée par Stéphane. Elle chassa une nouvelle fois de son esprit les doutes qui l'incitaient à faire demi-tour.

Lisa distingua une maisonnette en bois un peu plus loin, au fond de la propriété. Il s'agissait peut-être d'un hangar destiné à ranger les outils de jardin et autres accessoires utiles à l'entretien d'une maison.

La nuit était maintenant installée. La fraîcheur de l'air s'intensifiait. Le brouillard recouvrit peu à peu la dense forêt autour de la maison. Elle n'avait pas envie de se lancer dans une mission de reconnaissance. Il fallait encore tout décharger. Elle satisferait sa curiosité le lendemain.

Ils débarrassèrent le véhicule de quelques cartons, à savoir le strict minimum pour la nuit. Lisa n'eut pas la force de visiter sa nouvelle demeure le soir même.

Elle s'affala dans le lit en fermant les yeux, rejointe par Stéphane. Ce dernier était plus que ravi d'être arrivé. Un nouveau départ avec la femme de sa vie, dans sa maison. Cela ne pouvait pas être plus parfait.

CHAPITRE 15

Armont – février

Lorsque Lisa franchit le seuil de la porte d'entrée, un filet d'air glacé lui parcourut l'échine. Elle eut l'impression que le vent s'insinuait jusqu'au plus profond de ses os.

Pétrifiée telle une statue de glace, elle ne pouvait plus se déplacer. Ce ne fut que lorsqu'elle entendit la voix autoritaire de Stéphane lui intimant l'ordre de bouger qu'elle débloqua ses jambes pour avancer.

Pensant que ce long et épuisant voyage en était la cause, elle ne prêta pas attention à ce qu'elle venait de ressentir.

Lisa, les bras encombrés par des cartons de déménagement, se contenta de suivre Stéphane à l'étage qui la conduisit dans leur chambre.

Après être entrée, elle déballa quelques-unes de ses affaires. Elle se dirigea dans la salle de bain et y déposa ses produits et autres vêtements. De la fenêtre, elle pouvait voir une partie de la forêt environnante. Lisa remarqua également deux lavabos en grès de couleur gris pierre et un immense miroir qui recouvrait pratiquement la largeur des deux lavabos.

L'ensemble était un peu ancien, mais, avec un bon coup de peinture et un peu de bricolage, elle était persuadée de pouvoir se sentir chez elle. Ce n'était pas la priorité du moment, mais elle y songeait déjà. Les pièces étaient spacieuses. Elle pourrait ainsi laisser libre cours à l'expression de ses envies de décoration.

Tandis qu'elle visitait la salle de bain, Lisa eut tout à coup l'impression de ne pas être seule. Elle sentit derrière elle une présence qui la surveillait. Elle se retourna, mais il n'y avait personne.

Lisa avait déjà ressenti quelques fois cette sensation de ne pas être seule dans sa boutique. Mais pas comme aujourd'hui. Elle ne saurait l'expliquer, mais ce saisissement était proche, plus imposant.

Rapidement, elle regagna sa chambre et rejoignit Stéphane, déjà présent sous la couette.

Elle ne put s'empêcher de frissonner alors qu'elle était bien au chaud dans le lit. Elle essayait de faire abstraction de ce qu'il s'était produit depuis son arrivée. Sans succès.

Lisa n'avait pas réussi à dormir longtemps, mais elle se réveilla légère comme une fleur le lendemain matin.

Elle avait un appétit d'ogre et pensait à la longue journée qui l'attendait. Stéphane était déjà debout. Elle savait qu'il avait préparé le petit-déjeuner, car elle sentait l'odeur du café fraîchement passé. Elle se vêtit d'une robe de chambre en satin bleu et descendit.

En gagnant le salon, elle fut effarée par ce qu'elle découvrit. Des affaires à elle qui la veille au soir étaient encore au fond des cartons de déménagement jonchaient l'escalier.

La bibliothèque était déjà garnie de tous ses documents et dossiers personnels. Sur la table basse du salon, ses différents catalogues et DVD s'offraient à la vue de tous ceux qui passaient près de la cheminée dans la salle à manger.

Alors qu'elle venait juste d'arriver, quelqu'un s'était apparemment chargé de vider le contenu de tous ses cartons pour les éparpiller dans sa nouvelle demeure. Dans chaque recoin, elle trouva au moins un de ses effets personnels. Ce fut comme si elle s'était installée ici depuis de nombreuses semaines et que, naturellement, elle avait disséminé les traces matérielles de sa vie.

Cela allait même jusqu'aux objets de décoration qu'elle avait emportés et qui étaient disposés un peu partout.

– Bonjour, chérie. Tu as bien dormi ? demanda Stéphane.

Afin de répondre à l'air plus que désemparé de Lisa, Stéphane s'expliqua :

– Comme tu as pu le voir, j'ai déballé quelques cartons. Je me suis réveillé tôt ce matin, alors j'en ai profité pour nous avancer. La journée sera moins épuisante pour toi.

Partagée entre l'envie de crier qu'ils étaient deux à emménager ici, qu'elle avait son mot à dire et l'envie de lui exprimer sa gratitude, elle dit simplement :

– Ah oui, tu as raison !

Et elle se contenta de s'asseoir et de contempler le petit-déjeuner dressé devant elle. Elle mangea à s'en rompre l'estomac. Puisque Stéphane s'occupait si bien des cartons, elle irait se promener pour découvrir sa nouvelle demeure.

Lisa avait toujours été habituée à se débrouiller seule. Ses parents lui avaient inculqué très tôt l'autonomie. Revenir aujourd'hui sur ce qu'elle avait toujours connu était assez difficile. Elle devrait faire encore un effort pour s'adapter.

Tout en prenant son petit-déjeuner, elle entendait Stéphane s'affairer au déballage des nombreux cartons restants, puis elle alla se préparer dans la salle de bain. La douche fut vite expédiée. Elle enfila un vieux jean, un pull et une paire de baskets.

Avant de sortir, elle téléphona à Luc pour lui dire qu'elle était arrivée à bon port et qu'il n'avait aucun souci à se faire. Lisa commença alors sa mission de reconnaissance.

Elle fit d'abord le tour de la maison et redécouvrit ce qu'elle avait vu la veille, mais avec plus de détails. À quelques mètres de la maison, elle aperçut un immense lac bordé par la forêt.

Une barque était accrochée à un ponton qui s'avançait dans le lac.

La maison semblait vraiment très isolée. Lisa ne le vit pas encore, mais un long et haut grillage courait tout autour de la propriété qui, par un souci inquiétant de sécurité, avait été doublé d'un résistant fil de fer barbelé.

Elle continua son chemin et s'enfonça un peu plus dans la forêt. La propriété ne semblait pas avoir de limite. Lisa décida de rebrousser chemin, car cela lui semblait suffisant pour une première approche.

Sur le chemin du retour, elle remarqua le petit cabanon. Celui-ci, tout en bois, semblait avoir été construit en même temps que la maison. D'une taille respectable, car on pouvait y loger environ trois voitures, il possédait une fenêtre et une grande double porte.

Lisa essaya de regarder à l'intérieur, mais elle ne distingua pas grand-chose hormis du matériel de jardinage, quelques couteaux et une grande scie. Elle ne pouvait pas voir ce qu'il y avait au fond, car les rayons du soleil n'y parvenaient pas. Les fenêtres usées et verdies par les années déformaient ce qu'elle pouvait apercevoir.

Elle fit le tour et tenta d'ouvrir la grande porte qui était apparemment le seul accès possible. De l'extérieur, on avait l'impression qu'il suffisait de forcer un peu pour que ce passage s'ouvre. Lisa réussit quand même à faire lâcher un peu de lest à la chaîne qui entourait la poignée. Un énorme cadenas venait fermer ce lien métallique. Lisa passa une partie de la tête derrière la porte. De nature très curieuse, elle ne pouvait se résoudre à partir sans être entrée. Elle vit alors que la porte en bois, qui, de l'extérieur, ne paraissait pas solide, était en fait renforcée de quatre grosses barres métalliques sur toute sa longueur.

De ses yeux perçants, elle scruta l'intérieur du cabanon, mais ce fut une nouvelle déception, car elle ne discerna rien.

L'obscurité recouvrait le fond du hangar et la seule façon de voir ce qu'il contenait était d'y pénétrer.

– Zut ! Je n'y arriverai pas cette fois-ci, conclut-elle résignée.

Contrariée et frustrée de sa vaine tentative, elle rentra bredouille en se promettant de réessayer.

CHAPITRE 16

Armont – Mars

La première semaine que Lisa et Stéphane passèrent dans leur demeure d'Armont s'écoula avec sérénité. Lisa avait commencé à prendre ses marques et à se sentir chez elle.

Après leur installation, Lisa s'occupait de l'intérieur de la maison pendant que Stéphane se consacrait à l'entretien extérieur. Juste répartition des tâches. Non pas que l'inverse était impossible, mais ils avaient décidé de procéder ainsi en fonction des envies. Le jardinage les occupait tous les deux, car ils avaient cette passion en commun.

Lisa s'occupait de ranger la cuisine. Plus les jours passaient et plus le nombre de cartons diminuait. C'était agréable de constater que les aménagements prenaient tournure. Chaque carton vidé et jeté était une petite victoire pour Lisa.

Un déménagement était source de désagréments. En général, cela signifie un changement pour un mieux-être, mais les passages obligés étaient éreintants et inintéressants au possible : faire du tri, tout emballer, faire le trajet et tout déballer. Quelle épreuve !

La cuisine était la pièce la plus désagréable à ordonner. En effet, c'était ici qu'il y avait le plus d'objets à remiser.

Le temps passable à l'extérieur motivait Lisa à poursuivre ses efforts de rangement. Il ne pleuvait pas, mais les nuages étaient lourds et gris. L'humidité ambiante renforçait l'air froid qui s'insinuait dans le moindre interstice. Autant rester bien au chaud pour continuer à tout ranger.

Derrière la fenêtre, Lisa scrutait avec tendresse Stéphane occupé à couper du bois. Elle aimait observer l'homme de sa vie lorsqu'il s'adonnait au bricolage ou aux travaux manuels. Depuis qu'elle l'avait rencontré, son existence avait pris un autre tournant. De nouvelles opportunités, une vie commune et une personne sur qui se reposer étaient des changements inattendus pour Lisa. Tout n'était pas rose dans une vie de couple, bien au contraire, mais elle en retirait plus de bénéfices que de désagréments.

Grâce à Stéphane, Lisa avait enfin pu mettre de côté son passé et se consacrer à l'avenir. Elle n'avait presque plus peur et elle osait aujourd'hui mordre la vie à pleines dents. Elle avait pris et continuait à prendre des engagements avec quelqu'un d'autre. Ce qu'elle eût été incapable d'effectuer avant.

Alors qu'elle regardait à travers la fenêtre, la scène précédente s'effaça. Stéphane avait disparu. Un petit garçon avait pris sa place près du tas de bois. Il tenait quelque chose entre ses mains, semblable à une petite peluche. Elle dut se rapprocher de la fenêtre pour distinguer de façon plus précise ce qu'il étreignait fermement, à genoux sur le sol. Celui-ci tourna lentement la tête vers elle et la regarda droit dans les yeux. Lorsqu'il s'assura qu'elle le regardait, le petit bonhomme, qui devait être âgé de dix ans environ, plaça le lapin prisonnier de ses mains sous la semelle de sa chaussure gauche. Il sortit alors de la poche de son pantalon un petit tournevis.

L'enfant s'attaqua d'abord aux yeux du lapin qu'il creva avec un sourire machiavélique. Le liquide translucide et gélatineux commença à couler lentement sur le poil doux qui s'aplatissait.

Le jeune garçon prit une branche de sapin à côté de lui et l'enfonça dans la gorge de l'animal. Il entreprit ensuite de casser ses fragiles pattes avant en fracturant les articulations de ses deux mains. Enfin, il asséna à sa proie un coup de tournevis dans le thorax. Sans hésitation. D'un geste précis, presque précis aussi que celui d'un professionnel dans un abattoir.

Le lapin, pris de soubresauts, ne broncha pas plus longtemps. Il s'immobilisa. Le garçon se retourna vers elle. Lisa sentit le regard perçant de ce jeune enfant, mais vit surtout l'expression heureuse qui se dessinait sur son visage.

Elle resta plantée là, glacée. Il la fixa avec insistance sans qu'elle puisse comprendre pourquoi.

La porte d'entrée claqua. Surprise, elle poussa un léger cri effrayé qu'elle ne put contenir.

Stéphane venait d'entrer dans la pièce. Elle sortit de sa torpeur, mais resta très bouleversée.

– Qu'est-ce qui se passe, ma chérie ? Ça ne va pas ? Tu es toute pâle.

Elle du reprendre ses esprits afin de réussir à bredouiller quelques mots. Sa gorge était nouée, mais elle put quand même sortir un son.

– Si. Euh… Oui ça va. Je… suis un peu fatiguée.

Avec crainte, Lisa regarda de nouveau par la fenêtre. Le garçonnet avait disparu. Ne voulant pas affoler Stéphane, elle décida de ne pas lui en parler. Elle ne comprenait pas ce qui s'était passé. Était-ce une simple vision due à la fatigue ? Son esprit, semble-t-il, lui jouait des tours, mais ce dont elle venait d'être le témoin était si réel qu'elle eut du mal à se persuader qu'il s'agissait d'un simple fantôme.

Stéphane ressortit presque aussitôt sans chercher à en savoir plus. À son plus grand soulagement. Elle n'avait pas la force de justifier son état dans une conversation longue et fatigante.

Elle put s'effondrer sur le canapé du salon.

Incapable d'apporter une réponse rationnelle et logique à ce qu'elle venait de voir, Lisa se mit à pleurer. Elle évacua le stress accumulé depuis son arrivée.

La scène avec le garçonnet ne la quitta pas de la journée. Jamais auparavant elle n'avait vécu ce type d'événement. Sa famille n'était pourtant pas sujette aux maladies mentales.

Elle resta perturbée et eut du mal à effectuer une tâche sans se tromper. Luc lui manquait. Ses parents lui manquaient. Encore plus depuis son départ de Paris. Ils auraient pu la conseiller s'ils étaient encore vivants. Lisa prenait conscience de son sentiment de solitude. Pourquoi être partie aussi loin ? Quelle mouche l'avait piquée pour prendre cette décision stupide ? Elle n'était plus sûre de rien et aurait souhaité rembobiner le fil de la vie. Mettre sur stop au moment de sa rencontre avec Stéphane, mais ne pas accepter cette maison.

Avant de se coucher, elle essaya d'évacuer ses interrogations et ses inquiétudes. Sans succès. Elle trouva le sommeil vers quatre heures du matin. Épuisée, son corps ne pouvait plus rester éveillé, mais son cerveau continua son travail de réflexion. Lisa regrettait de ne pas avoir de bouton. Comme un interrupteur qui aurait pu le mettre en veille à la demande.

CHAPITRE 17

Armont – avril

Lisa profita de ses derniers jours de congé pour se promener bras dessus, bras dessous avec Stéphane.

Elle aimait la campagne qui lui offrait un retour à la nature salvateur. Le craquement des fines branches sous ses pieds, l'air frais où foisonnaient d'agréables odeurs. Elle profitait de chaque sensation que lui offrait son nouvel environnement. Lisa avait l'impression de faire le plein de bons éléments à chaque respiration qu'elle prenait au cœur de cette forêt.

Lundi. Lisa commença son nouveau travail dans la bibliothèque municipale d'Armont, fermée depuis de nombreuses années. Elle avait la charge de remettre à flot ce vieil endroit. D'abord effrayée par la tâche à accomplir, elle savait que, avec beaucoup de volonté, elle réussirait. Elle avait la responsabilité dans un premier temps de comptabiliser les livres en sa possession. Elle devait ensuite les enregistrer et se servir du matériel informatique mis à sa disposition pour faire son travail de saisie.

Bien que n'ayant pas d'a priori sur l'informatique en général, elle avait été, pendant les premiers jours d'utilisation de ce matériel flambant neuf, en proie à quelques grosses colères. L'ordinateur ne répondait pas toujours à ses demandes. Lisa dut ensuite commander divers livres et reconstituer ses stocks de romans, revues et autres documents littéraires.

La bibliothèque devait faire environ cent mètres carrés. Des rayonnages étaient installés sur la totalité des murs et des étagères mobiles avaient été ajoutées autour de plusieurs tables de travail. Elles avaient conservé l'aspect rustique des anciennes bibliothèques.

En entrant, Lisa s'était sentie enveloppée d'odeur de vieux livres. La bibliothèque était dominée par un comptoir en bois d'environ deux mètres sur la gauche de l'entrée. De grosses caisses en bois renfermaient des centaines de fiches rangées par ordre alphabétique. Lisa en feuilleta quelques-unes et s'aperçut que les derniers emprunts dataient d'une dizaine d'années.

La ville possédait déjà une petite bibliothèque toute neuve, mais la municipalité souhaitait réhabiliter l'ancienne tout en conservant son cachet qui faisait sa particularité. La nouvelle serait destinée aux ouvrages contemporains et aux nouvelles technologies. Tandis que l'ancienne se concentrerait sur les classiques et les gros ouvrages.

Lisa ne savait pas par où commencer. Son cerveau bouillonnait d'idées nouvelles d'aménagement et autres améliorations, mais pour le moment, elle comprit que son travail était tout autre. Il fallait déjà répertorier les livres, préparer le matériel informatique et se former aux logiciels de gestion. Elle devait insuffler un vent nouveau sur cet édifice et en particulier sur les livres à disposition.

L'inauguration n'était prévue que trois semaines plus tard, ce qui lui laissait plus de temps que nécessaire.

Les semaines passèrent plus vite qu'elle ne l'eût cru. Le grand jour d'ouverture arriva. Une semaine auparavant et en prévision de cette ouverture, Lisa avait distribué à tous les commerçants des tracts. Elle avait préparé quelques pâtisseries pour accueillir les arrivants.

Tout était parfait. À neuf heures, elle décida d'ouvrir les portes de sa bibliothèque, nouvellement restaurée. Lisa était fière de ce qu'elle avait accompli et s'était préparée à recevoir de nombreuses personnes. Elle s'attendait aussi à répondre à toutes leurs questions et suggestions.

La première heure passa. Puis la seconde. Elle vérifia si elle ne s'était pas trompée sur la date d'ouverture en consultant ses tracts, mais tout était en ordre.

Deux visites. Le maire de la commune la félicita de son action. Quelques passants pénétrèrent aussi dans la bibliothèque, plus poussés par la curiosité que par le goût de la lecture. La matinée s'écoula, plus calme que ce qu'elle avait prévu. Il était déjà onze heures trente.

– Je vais fermer. De toute façon, il n'y a personne, se dit Lisa.

Au moment de terminer sa phrase, quelqu'un poussa la porte d'entrée. Une femme apparut. Brune, les yeux couleur marron, environ un mètre soixante-quinze, assez filiforme, habillée d'un tailleur pourpre, à peine maquillée. « Cette femme a de la classe », pensa-t-elle en la voyant.

– Bonjour et soyez la bienvenue, tenta Lisa en se parant de son sourire le plus avenant. Elle essaya de cacher sa déception et de retrouver l'entrain qu'elle possédait au moment de l'ouverture.

La femme ne répondit pas tout de suite. Lisa vit ses yeux instigateurs se poser sur elle. Cette attitude la mit mal à l'aise, puis, comme si elle eût deviné ses pensées, elle dévia son regard et fit le tour de la bibliothèque avec la même curiosité.

– J'aime ce que vous avez fait de cet endroit. J'avais l'habitude d'y venir il y a quelques années. Je suis très contente que quelqu'un s'y intéresse enfin. Je pense que vous n'avez pas eu beaucoup de visites pour l'ouverture.

– Non, je dois avouer que vous avez raison. Je dois peut-être faire peur aux gens ou c'est l'odeur de mes pâtisseries qui les rebute !

– Les gens d'ici sont assez craintifs. Ils ont peur de la nouveauté. Il faut laisser faire le temps et vous verrez qu'ils se déplaceront en masse pour venir ici. Ce sera plus facile quand ils commenceront aussi à vous connaître.

Lisa apprécia cette femme dès le début.

Elle ne savait pas pourquoi, mais c'était ce qu'elle ressentait. L'intuition féminine peut-être.

- Je m'appelle Calleja. Je suis psychologue, j'ai trente-trois ans et j'ai grandi dans cette région. Je suis assez directe, tout comme maintenant. J'ai un cabinet qui est à quelques mètres de votre bibliothèque.

Dès leur première rencontre, elles se plurent mutuellement. Partageant au fil des semaines leurs vies, leurs espoirs, leurs attentes et leurs déceptions, elles devinrent très complices.

Lisa et Calleja firent de nombreuses sorties ensemble, entre femmes. Elles avaient l'impression d'avoir été sœurs depuis toujours. Pour Lisa, avoir une amie comme Calleja lui permit de retrouver un semblant de famille. Elle pouvait tout lui confier. Leur connivence n'avait pas de limites.

Le travail à la bibliothèque était très prenant. Une stagiaire y venait de temps en temps, ce qui déchargeait Lisa des tâches les plus répétitives. Elle possédait environ sept cents références et les gens étaient de plus en plus nombreux à fréquenter régulièrement ce lieu de culture. Il commençait à y avoir des habitués.

Grâce au travail de Lisa, l'ancienne bibliothèque avait reconquis la population locale.

CHAPITRE 18

Armont – avril

C'était le week-end. Lisa pensait profiter au maximum de ce bel après-midi. Tandis qu'elle flânait dans son salon, un roman à la main et allongée sur le canapé face au lac, Stéphane était affairé à l'extérieur. Comme souvent. Elle se sentait bien et détendue. Elle aimait ces moments de calme, seule. Non pas que la présence de Stéphane la dérangeât, mais elle savourait ses petits instants tranquilles. Tout comme Stéphane n'aimerait pas être dérangé lorsqu'il bricolait.

Le soleil qui rentrait par la baie vitrée commençait à chauffer lentement son visage, sensation de douceur qu'elle appréciait beaucoup.

Tout à coup, un cri strident retentit dans la maison. Sursaut de Lisa qui lâcha aussi sec son roman. Un hurlement de femme. Perçant. Glaçant et qui appelait à l'aide. Mais d'où venait-il ? De qui ? Les jambes tremblantes, elle chercha l'origine de ce vacarme presque inhumain. En un éclair, elle se dirigea vers sa chambre d'où les cris semblaient provenir. Elle gravit les escaliers. Les cris redoublèrent d'intensité, mêlés cette fois-ci à des bruits de combats, de chocs et d'objets que l'on casse.

Lisa était derrière la porte de sa chambre. Les claquements lui indiquaient que deux personnes se battaient dans la pièce. Elle rassembla toutes ses forces. Tremblante, elle ouvrit la porte. Prête à bondir, elle se trouva tout à coup face à… une pièce vide. Les cris avaient cessé. Le calme était revenu. Lisa, encore sous le choc de ce qu'elle venait d'entendre, s'assit sur le lit.

– Mais que m'arrive-t-il ? Deviendrais-je folle ?

De la sueur perlait sur son front. Après un long moment de réflexion, elle se persuada qu'elle venait d'avoir une nouvelle hallucination. La nuit qui suivit fut mouvementée et remplie de sang, d'animaux morts et de scènes d'horreur. Elle réussit à dormir quelques dizaines de minutes, entrecoupées de périodes de réveil angoissées.

À partir de deux heures du matin, elle ne ferma plus l'œil de la nuit.

Elle se rendit le lendemain chez Calleja. Celle-ci connaissait tout de la vie de Lisa. Même son terrible secret sur la mort de ses parents. Elle ne cachait rien à sa confidente : ses doutes, ses questions et ses pensées les plus intimes.

– Elle pourra peut-être m'aider à comprendre ce qui se passe, pensa-t-elle.

Allongée sur le divan, elle expliqua les cris, sa folle nuit, mais aussi l'histoire du garçonnet cruel qu'elle avait cru apercevoir. Calleja écouta sans broncher. Puis son verdict de psychologue tomba : résurgence de souvenirs traumatisants enfouis au plus profond de la mémoire.

– Mais ça avait l'air si réel ! Tout ce que je viens de te décrire n'était pas dans ma tête. Je l'ai entendu comme j'entends tes paroles ! se défendit-elle.

Lisa crut devenir folle. Si son cerveau commençait à produire des scènes aussi réalistes, à quoi pouvait-elle se fier maintenant ?

– Tu devrais en parler à Stéphane. Il pourrait t'aider. Calleja continua à griffonner sur son carnet en mettant un point final à sa phrase. Elle tapota avec son stylo en lançant un regard réprobateur à son ami.

– Il n'en est pas question. Je ne veux pas l'inquiéter. Depuis que nous habitons ici, c'est le plus heureux des hommes. Je n'ai pas le droit de gâcher ça et de lui causer des soucis.

Calleja poussa un soupir en se résignant.

– Comme tu veux, mais ça te ferait du bien de lui en parler. Si tu as d'autres… manifestations, viens me voir. Nous en discuterons.

Lisa repartit plus inquiète qu'avant d'entrer chez Calleja. Sur le chemin du retour, elle fut prise de terribles douleurs au ventre. N'ayant pas confiance dans les médecins de famille traditionnels, elle décida d'aller à l'hôpital le plus proche, qui se trouvait à plus de quarante kilomètres.

L'attente aux admissions des urgences fut longue et interminable, mais quelques examens plus tard, elle repartit chez elle le cœur léger avec une bouleversante nouvelle à annoncer à Stéphane. Bien sûr, elle le savait déjà, mais elle avait besoin de l'entendre dire par un médecin. Stéphane, assis sur le canapé, était devant la télévision. Elle le gratifia d'un baiser et s'assit à califourchon sur lui dans un mouvement gracile.

– J'ai quelque chose à t'annoncer, mon amour. Quelque chose qui va chambouler notre vie. Elle essaya de garder le suspense, mais elle en était incapable.

Stéphane la regardait d'un air suspicieux.

- Je suis enceinte depuis quatre semaines environ.

Stéphane l'enserra aussitôt dans ses bras d'un geste empli d'amour et de tendresse.

– J'attendais ça depuis si longtemps. Merci chérie. C'est le plus beau cadeau que tu puisses me faire. Je saurai m'en occuper comme il le faut. Même sans toi.

– Quoi ? demanda Lisa comme pour faire écho aux dernières paroles de Stéphane.

– Je voulais dire quand il t'arrivera de ne pas être là. Je t'aime !

Lisa fut affolée par ce qu'elle venait d'entendre, mais conclut à un malentendu.

Chaque semaine, Lisa prit du poids et son ventre s'arrondit de plus en plus. Chez le gynécologue, Lisa et Stéphane apprirent qu'ils allaient avoir un garçon. Elle se détourna de l'échographe et considéra Stéphane. Elle crut voir dans le regard de Stéphane de la jubilation. L'espace d'un instant, il lui fit peur. De retour du service gynécologique, elle décida de retourner voir sa meilleure amie. Elle lui dévoila une nouvelle fois ses inquiétudes.

– Tes hormones vont te jouer des tours pendant plusieurs mois. Ne prête pas attention aux détails. Pense au bonheur qui t'attend. Tu seras une merveilleuse maman, j'en suis sûre.

Lisa voyait moins Calleja depuis qu'elle était enceinte.

Elle restait de longues journées chez elle, à se promener dans la forêt. Elle voulait profiter au maximum de l'état de plénitude dans lequel elle baignait. Cette sensation fit oublier tout le reste : les nausées, les maux de tête ainsi que les sautes d'humeur. Elle avait envie de s'entourer de douceur et de chaleur.

Lisa informait souvent son ami Luc de l'évolution des événements, mais celui-ci paraissait détaché de tout ce qu'elle pouvait lui dire. Elle eut le terrible sentiment que, depuis son départ, elle ne comptait plus pour lui.

Le cœur pincé, elle luttait pour ne pas y croire. Elle aurait plus que tout voulu partager ce bonheur avec lui.

De son côté, Luc la tenait informée de l'évolution des ventes. Il lui parlait aussi de ce qu'il comptait faire pour la boutique.

Ils décidaient de tout d'un commun accord, mais de façon générale, Lisa faisait confiance à Luc. Son avis n'était pas un préalable nécessaire aux décisions. Il avait sa propre autonomie.

CHAPITRE 19

Armont – mai

Le grand jour arriva. Stéphane attendait dans le couloir. Il n'avait pas voulu rejoindre Lisa en salle d'accouchement et préférait patienter à l'extérieur. Bien qu'il souhaitât être auprès de Lisa pour la soutenir, il n'aurait pu supporter le spectacle qui allait se jouer. Il ne désirait pas associer l'image de Lisa à celle du sang qu'il avait en tête.

Lisa était allongée avec les jambes écartées. Mis à part le fait d'accoucher, elle ne voyait pas trop ce qu'il y avait de naturel dans cette pièce aseptisée, entourée de gens habillés de tabliers et de gants stériles.

Malgré les douleurs et les contractions qui se faisaient plus virulentes chaque minute, elle repensait à ses parents.

Elle avait besoin d'eux à cet instant, mais savait qu'elle ne pourrait pas compter sur eux. La mère de Lisa aurait attendu ce moment avec impatience et devenir grand-mère l'aurait rendue extrêmement heureuse.

Lisa prit peur. C'était son premier enfant et jamais elle ne saurait s'en occuper les premiers temps. Sa mère aurait su quels gestes adopter et comment se comporter. Elle repensa à sa propre éducation, aux valeurs que ses parents lui avaient inculquées. Il lui suffirait de s'en inspirer pour réussir, pensa-t-elle.

Ses réflexions s'arrêtèrent tout à coup. La douleur la tiraillait de plus en plus. Lisa n'était plus capable de penser à autre chose qu'à son bas-ventre. Elle fut soulagée lorsque le médecin déposa son enfant sur elle et qu'elle put enfin le voir pour la première fois. Un médecin rejoignit Stéphane qui était dans le couloir.

– Votre garçon se porte très bien. Votre femme également. Vous pouvez aller les voir.

Pendant que Stéphane avait attendu, sa tension était montée crescendo avec les cris de Lisa. Il avait douté parfois de ce qui se passait dans la salle tant les hurlements étaient puissants, mais l'accouchement s'était bien déroulé. Il pouvait enfin les rejoindre.

Lisa était allongée, les yeux mi-clos, entourant avec beaucoup de délicatesse le bébé. Stéphane embrassa son enfant, puis Lisa. Il le prit dans ses bras. Restant debout, il fredonnait un air inconnu de Lisa en berçant l'enfant.

– Nous allons être heureux ensemble. Ton père va très bien s'occuper de toi. Tout va très bien se passer mon petit Nicolas, déclara Stéphane tout en tournant le dos à Lisa.

Stéphane n'eut aucune parole attendrissante ou réconfortante à son égard. Lisa se sentait exclue de cette complicité, presque rejetée comme si elle n'avait pas sa place ici à cet instant. Elle regarda impuissante l'union d'un père et de son fils.

Les premières semaines s'écoulèrent paisiblement, mais quelque chose préoccupa Lisa. Stéphane était très proche de leur enfant, trop proche peut-être. Il s'occupait de le changer, le nourrir, le laver et le faire dormir. Sa présence obscurcit complètement celle de Lisa.

Jamais elle ne put rester seule avec l'enfant.

Inquiète de ce comportement troublant, elle décida d'aller voir sa confidente Calleja.

– Stéphane a changé depuis la naissance de notre fils, raconta-t-elle. Il ne pense qu'à lui. Rien d'autre ne compte à part son fils. Il ne me laisse aucune place. Je n'arrive même pas à assumer mon rôle de mère. À chaque geste que je fais avec le petit, il est présent !

– Tu es peut-être jalouse. Tu sais, beaucoup de mères éprouvent ce sentiment. Elles ne sont pas prêtes à partager leur enfant, même avec leur propre mari et elles exagèrent la réalité.

– C'est vrai que j'ai une grande imagination, mais quand même. Je ne suis plus sûre de rien.

Lisa et Stéphane reprirent leur travail, confiant leur enfant à une nourrice vivement recommandée par les nombreuses personnes venues voir la nouvelle maman. Grâce à son activité, Lisa était connue dans la ville. On l'aimait pour sa gentillesse et sa simplicité. Chaque jour, Stéphane emmenait et récupérait Nicolas chez la nourrice. Une seule fois, Lisa ramena Nicolas sans prévenir Stéphane.

Attendant son retour dans la chambre avec Nicolas, elle lisait une fable comme elle faisait souvent.

La porte d'entrée claqua.

– Où es-tu ? Qu'as-tu fait de mon fils ? hurla Stéphane au rez-de-chaussée de la maison.

– Je suis là-haut avec lui dans la chambre, répondit-elle un peu surprise par la violence du ton.

Elle entendit les pas lourds et rapides dans l'escalier.

Dans le couloir, elle le vit le visage écarlate, les yeux gonflés avec un regard noir et menaçant. Lorsqu'il arriva sur le seuil de la chambre, la porte, poussée par une force mystérieuse, se ferma et claqua. Encore une fois, Lisa ne comprit pas ce qui se passait, mais l'expression de Stéphane l'immobilisa.

Elle venait d'apercevoir un monstre qui avait pris les traits de son mari. Elle resta figée un instant.

– Ouvre cette porte, ouvre-la tout de suite ! ordonna Stéphane sèchement.

À ces mots, Lisa bondit brusquement du siège où elle était installée. Stéphane essaya de défoncer la porte comme un forcené. Avec tout ce vacarme, Nicolas se mit à pleurer et à crier. À cause des bruits de coups, des cris de Nicolas et des vociférations de Stéphane, Lisa attrapa un violent mal de tête. Stéphane eut beau essayer d'ouvrir la porte, rien n'y fit. Il continua à donner des coups de pied et des coups d'épaule. Affolée, Lisa se leva pour ouvrir. Elle posa sa main sur la poignée et la porte s'ouvrit d'un seul coup.

Stéphane se rua dans la pièce, puis vers le berceau. Il prit Nicolas dans ses bras et se tourna vers Lisa. Son visage était empreint d'un rictus qui le déformait.

Lisa crut voir en face d'elle un fou et non l'homme qu'elle connaissait et qui était si tranquille habituellement.

– Ne refais jamais ça. Encore une seule fois et tu le regretteras.

Elle tenta d'apaiser sa colère, car il lui faisait très peur.

– Je suis partie plus tôt de la bibliothèque, bredouilla-t-elle.

La traitant avec mépris et sans répondre, Stéphane descendit avec Nicolas dans ses bras. Leur relation s'était dégradée depuis plusieurs semaines. Avec cet incident, tout avait encore empiré. Lisa ne retrouvait plus le bonheur du début. Un événement encore mal identifié s'était produit dans son esprit. Avait-elle pris conscience d'une situation qu'elle n'était plus capable d'accepter ? Ou était-ce une évolution logique de leur relation ? Lisa avait en vie d'essayer encore et encore afin de retrouver ce bonheur perdu, même si, aujourd'hui, elle se sentait souvent triste et malheureuse. Elle en avait discuté difficilement plusieurs fois avec Stéphane, mais elle se sentait toujours dans le même état.

Comme prise dans un tourbillon où s'entremêlaient deux forces contraires, elle éprouvait la mélancolie de sa relation passée et l'envie d'un renouveau.

Parfois, ses efforts étaient anéantis par le comportement de Stéphane. Sa mauvaise humeur, son manque d'écoute et son autoritarisme l'empêchaient de s'ouvrir à lui. Elle le savait pourtant attentif à ses propres doutes, mais lorsqu'il adoptait un tel comportement, elle avait envie d'une seule chose : partir, s'enfuir afin de ne plus subir ces attaques blessantes.

Depuis son adolescence tourmentée, elle avait adopté cette attitude d'autodéfense. Lorsqu'une personne ou quelque chose lui faisait mal, elle se retranchait à l'intérieur d'elle-même et s'éloignait de ce qui la blessait. Cela lui permettait de ne pas être meurtrie et de ne pas trop souffrir.

Son détachement instinctif de certains événements lui évitait ainsi d'être blessée et de retomber dans un état de souffrance profonde.

Lisa avait dû revoir sa façon de se comporter depuis qu'elle était amoureuse. Son système de protection, sa coque, l'empêchait de vivre sans retenue une relation amoureuse stable.

CHAPITRE 20

Armont – juin

Le reste de la journée avait été un vrai calvaire pour Lisa et son mal de tête s'était accru malgré les médicaments. Elle avait toujours la sensation qu'un marteau s'amusait à cogner l'intérieur de son crâne. Elle décida alors de se coucher afin de mettre un terme à cette journée désastreuse.

Lisa se dirigea vers la salle de bain, prit un verre d'eau et avala un somnifère. Elle se passa ensuite de l'eau fraîche sur le visage et s'observa dans le miroir. Sa seule envie était de se coucher. Elle détestait ces journées où elle n'était pas capable de faire quoi que ce soit. Son corps décidait pour elle. La fatigue, les douleurs et le manque d'entrain l'empêchaient parfois d'entamer la moindre tâche. Elle se détestait lorsqu'elle était dans cet état, mais ne pouvait rien y faire. Souvent, le lendemain, tout allait mieux. C'est ce qu'elle espérait cette fois-ci encore.

— Prends garde à toi. Fais très attention à partir de maintenant, entendit-elle dans un souffle.

Lisa crut distinguer le visage d'une autre femme dans le miroir. Elle se retourna, chercha autour d'elle, mais il n'y avait personne. Elle avait aperçu le contour d'un visage féminin qui s'était presque aussitôt effacé. La voix douce que Lisa venait d'entendre provenait d'une femme d'un certain âge. Il n'y avait pas d'agressivité dans le ton employé. Encore une fois, elle ne parvint pas à trouver une trace tangible de ce qu'elle venait de voir. Elle hésitait entre paniquer, faire le tour de la maison pour tenter de trouver cette femme ou crier, mais elle n'avait plus la force de rien, encore moins de courir ou d'agiter ses membres. Tombant de sommeil, Lisa se traîna jusqu'à la chambre, s'écroula sur le lit et s'endormit aussitôt.

Le lendemain matin, lorsqu'elle se réveilla, Stéphane et Nicolas n'étaient déjà plus dans la chambre. Encore sous l'effet du médicament, elle se leva et commença à descendre l'escalier à petits pas. Lorsqu'elle posa le pied sur la troisième marche, elle manqua de trébucher sur un jouet qui était posé là.

Dehors, le ciel était gris et le soleil absent. Les nuages se faisaient menaçants pour quiconque s'aventurait dehors. Il semblait faire un froid glacial. Tout était si sombre. D'emblée, Lisa eut une sensation désagréable. Était-ce le mauvais temps qui rendait l'atmosphère si chargée, si électrique ? Elle sentait au plus profond d'elle que quelque chose était sur le point de se produire.

– Bonjour, dit-elle à Stéphane, assis dans la cuisine. Raide comme un piquet, une énorme tension était palpable au fur et à mesure qu'elle se rapprochait de lui.

– Bonjour, répondit-il avec un large sourire figé d'acteur.

Des frissons parcoururent le dos de Lisa. Ce visage en face d'elle lui semblait si irréel, si satanique.

– J'ai décidé de te consacrer cette journée, Lisa. J'ai emmené Nicolas chez la nourrice. Nous serons seuls tous les deux. Toute la journée. Mais qu'est-ce qui lui prenait ?

Quelque chose clochait. Lisa ne savait pas quoi, mais les choses avaient changé. L'atmosphère lui semblait très lourde. Stéphane était présent. Nicolas était chez sa nourrice. Elle se retrouvait seule avec lui. Pourquoi ? Pourquoi avoir créé cette situation ? Que comptait-il faire durant cette journée ?

Ses sens étaient en éveil. Telle une bête à l'affût du danger, elle guettait et attendait une réaction ou une parole inattendue.

Son rythme cardiaque s'accéléra. De l'adrénaline commençait à parcourir tous ses membres.

Stéphane avait préparé le petit-déjeuner, ce qui était très rare depuis ces derniers mois. Il servit à Lisa un bol de lait chaud, ce qu'elle avait l'habitude de boire tous les matins.

– Merci. C'est très gentil de ta part. Ce n'est pas ma fête pourtant aujourd'hui. Elle tentait de détendre la situation sans qu'elle comprenne pourquoi c'était ainsi.

– On va faire comme si ça l'était alors.

Lisa, sous les yeux attentifs de Stéphane, porta le bol à ses lèvres pour en boire le contenu. Elle eut du mal à saisir l'instant présent. Elle était comme plongée dans une autre dimension. Attiré par une force invisible, le bol tomba et vacilla sur la table. Il se fracassa ensuite sur le sol. Le lait éclaboussa le visage de Stéphane. Dans un élan de rage, celui-ci hurla :

– Tu as compris, salope !

Ce fut à ce moment que Lisa saisit. Elle sut que son lait contenait autre chose que du lait et du chocolat. Elle vit dans le regard de Stéphane la folie et la rage et devina alors ses intentions. Cela suffit à la faire bondir de sa chaise pour sortir de cette pièce.

S'éloigner du monstre qui se tenait devant elle était devenu sa priorité. Lisa bondit et se retourna lorsqu'il saisit le haut de sa robe de chambre par-dessus la table de la cuisine.

Elle la quitta d'un seul geste, puis s'enfuit. De rage, il poussa un cri presque animal. Lisa réussit à s'échapper de la cuisine.

Elle luttait à présent pour sauvegarder sa vie. Toutes ses pensées étaient tournées vers son fils Nicolas. Elle devait vivre. Non pas pour elle-même, mais pour lui.

La chasse venait de commencer et Lisa en était la proie.

CHAPITRE 21

Armont – juin

Derrière elle, l'accès de la cuisine se ferma brusquement. Le monstre fut retardé pendant quelques instants. Lisa ne savait pas comment la porte s'était refermée. Elle n'eut pas le temps d'y réfléchir.

Des coups retentirent. L'issue de la cuisine s'ouvrit et le fauve s'échappa. Lisa se précipita vers l'entrée principale de la maison. Fermée à clef. Vite, il fallait trouver autre chose.

L'image de la chambre vint à son esprit. Le téléphone. La fenêtre. C'était sa seule chance. Elle courut dans le couloir, bondis au-dessus des premières marches de l'escalier, mais il l'avait rattrapée. Il lui saisit la cheville. Lisa sentit sa poigne de fer. Elle crut que l'os de sa cheville allait voler en éclats. Une force surhumaine animait la main qui la retenait prisonnière.

Pour s'en sortir, Lisa devait garder la maîtrise. Avec l'autre jambe, elle lui asséna un violent coup au visage. Efficace, car il lâcha prise dans l'instant. Elle ne prit pas le temps de se retourner pour regarder la chose s'affaler sur le sol dans un bruit sourd.

La chambre. Elle y pénétra, ferma la porte et la bloqua avec la chaise à bascule. Déjà, de l'autre côté, le monstre se faisait entendre. Lisa sentit la vibration des coups donnés dans la porte. Même sans le voir, elle savait qu'il portait des coups de pied en prenant de l'élan pour rejoindre sa proie.

Elle se jeta sur le téléphone. Pas de tonalité. Elle regarda désespérée le fil coupé qui pendait près de la prise. Elle resta interdite quelques secondes. Son cerveau hésitait entre hurler, crier de désespoir et ordonner à son corps de s'affaler par terre. Ou de chercher une autre idée pour assurer sa survie.

La fenêtre. Dernier espoir. Les coups avaient cessé. Cela en était peut-être plus inquiétant.

Était-il parti ? À l'affût, telle une souris sentant le danger, elle sonda le silence qui semblait régner de l'autre côté de la porte. Il s'agissait peut-être d'une ruse. Ou allait-il passer par la terrasse jouxtant la chambre ?

Pensant choisir au plus juste parmi les deux possibilités qui se présentaient à elle, Lisa retira la chaise à bascule de la porte. Dans un mouvement rapide, elle l'ouvrit.

Soulagement. Personne ne l'attendait. En silence, elle commença à descendre l'escalier. La première marche. La seconde. Puis la suivante.

Afin de gagner du temps, elle les enjamba par deux. Il réapparut en bas de l'escalier, l'air satisfait.

– Viens, ma chérie. Je t'attends. Un sourire démoniaque parcourait le visage de Stéphane.

Elle aurait voulu faire demi-tour, mais, déséquilibrée, elle tomba à la renverse. Elle eut juste le temps de se rattraper pour ne pas se cogner la tête contre le bois dur de l'escalier.

Il arrivait.

D'un pas assuré et ferme de conquérant, il s'approchait.

– C'est si facile ! On aurait pu s'amuser un peu plus, glissa-t-il.

Lorsqu'il se pencha vers elle, les deux mains en avant, une force mystérieuse le tira en arrière. Il vola et s'écrasa en bas de l'escalier. Sa tête heurta le mur et un bruit de craquement retentit. Il fut assommé sur le coup. Lisa saisit sa chance, descendit et passa au-dessus du corps qui gisait là inconscient. Elle ne savait pas qu'elle possédait autant de réflexes. Sa vie était en danger et son instinct avait pris le dessus. L'adrénaline parcourait tout son être. Elle ne sentait pas la douleur. Le sang frappait ses tempes à un rythme effréné, mais régulier.

La cuisine. Au passage, elle prit un couteau qu'elle glissa dans son dos.

La porte-fenêtre. Fermée à clef. Elle attrapa une chaise et la projeta pour briser la vitre. Sans succès. Une silhouette se dessina dans l'embrasure de la porte. Lisa se réfugia derrière la table.

Face-à-face tendu. Elle devait trouver une parade. Et vite. Elle décida de faire entendre sa voix. Peut-être qu'un son familier ferait revenir Stéphane à la raison. Elle prit le ton le plus ferme qu'elle put et essaya de cacher sa peur.

– Stéphane, c'est moi Lisa. Arrête, s'il te plaît ! Je ne sais pas pourquoi tu fais ça, mais je te le demande. Arrête ! Tu me fais peur. Ressaisis-toi. Des larmes se manifestaient à l'orée de ses yeux, mais elle fit un insurmontable effort pour ne pas les laisser sortir. Elle ne devait pas montrer sa faiblesse.

À ce moment précis, Lisa fit une légère pause dans son cerveau afin d'analyser un minimum la situation. L'homme qui se trouvait en face d'elle était méconnaissable. Il avait les traits tirés. Un rictus déformait sa bouche. Ses yeux exorbités semblaient sur le point d'exploser.

Ses mains tremblaient. L'homme qu'elle connaissait avait disparu. Une espèce de fou avait pris sa place. Une chose à la limite de l'explosion avec une force redoutable avait pris possession de Stéphane.

– Tu ne me sépareras pas de mon enfant. Je sais ce que tu as dans la tête toi aussi. Tu crois que je vais te laisser partir avec Nicolas ? Te laisser me quitter et disparaître dans la nature ?

Ah ! Je ne te laisserai pas gâcher mon bonheur. Ta mort est la seule issue. Tu iras rejoindre ma mère, cette pute !

Il écarta la table d'un geste vif. Plus rien ne les séparait. Acculée et sans issue, Lisa réunit ses forces et se prépara au combat physique. Elle savait qu'elle ne faisait pas le poids. Son seul espoir était d'éviter les coups afin de s'échapper de la cuisine. Elle esquiva un coup de poing. Il se rapprocha, elle se baissa et lui fonça dessus.

Plaqué au mur, le coup lui avait coupé la respiration. Elle se faufila et s'échappa.

Le salon. Coups de chaise contre la baie vitrée qui éclata. La liberté.

Lisa s'élança et courut comme elle n'en avait jamais été capable. D'où venaient ses ressources insoupçonnées ? À peine dehors, elle fut saisie par le froid et la pluie qui cinglait ses joues.

Déjà, l'autre se ruait vers elle. Le pas plus rapide, le corps plus athlétique, il ne tarda pas à la rattraper. Elle vit le hangar en bois qui était à sa portée. C'était son salut, son seul moyen de protection. Elle fonça à l'intérieur. L'entrée était ouverte. Elle ferma le battant avec la grosse chaîne et le cadenas qui pendait sur la poignée. Elle se sentit un peu plus en sécurité.

Lorsque ses yeux s'habituèrent à la pénombre qui régnait dans le hangar, elle commença à chercher une idée. N'importe quoi qui pourrait lui servir d'arme ou de moyen de défense. Elle était prête à utiliser le moindre morceau de bois, clou ou tournevis. D'instinct, elle sut que l'issue de ce face-à-face serait mortelle. Ce sera elle ou lui. Elle refusait la mort. Pas comme ça. Son heure n'était pas venue. Lisa devait se montrer encore plus forte et ne rien lâcher. Hésiter à se défendre, à riposter serait autant de temps accordé à la chose pour lui foncer dessus. Il voulait sa peau. Il devra se battre jusqu'à la mort pour l'avoir.

Ses yeux s'habituèrent à l'obscurité. Les formes imprécises et floues retrouvèrent leur netteté. Lorsqu'elle comprit, sa réflexion s'arrêta.

Le souffle coupé, elle regardait et détaillait ce qui l'entourait.

CHAPITRE 22

Armont – juin

Devant elle, sur les quatre murs qui formaient le bâtiment, des photographies étaient épinglées en guise de papier peint. Des images d'hommes uniquement. Elle pouvait voir que ces photographies provenaient de magazines ou catalogues différents. Il n'y avait que des garçons, la trentaine, bruns, assez grands et apparemment bien bâtis, en chemise cravate, bleu de travail ou tenue plus décontractée. Certaines images représentaient des personnes seules, d'autres s'inscrivaient dans une scène familiale ou encore dans un décor de bureau.

Au centre du mur principal était disposée une sorte de petit autel. En se rapprochant, Lisa distingua une vieille image en dessous de laquelle il y avait une chemise bleue en coton, vieillie, pliée soigneusement, ainsi qu'une chaîne couleur argentée.

Une vitre éclata. Une grosse bûche atterrit près des pieds de Lisa. Aussi agile qu'un acrobate, il sauta à l'intérieur du hangar. Lisa recula de quelques pas, prise au piège.

– Je vois que tu as fait connaissance avec Papa.

– Papa ? demanda-t-elle.

– Lorsque j'avais environ neuf ans, ma mère a décidé de quitter mon père. Du jour au lendemain et profitant d'une absence, elle a fait nos valises et nous sommes partis à des centaines de kilomètres d'ici. Ma mère a prétexté que mon père était devenu fou et qu'il voulait nous tuer. Il fallait partir. Sans savoir pourquoi, j'ai caché une de ses chemises et sa chaîne dans mon sac. Pendant des années, j'ai grandi sans lui. Je l'ai très mal vécu. J'ai souffert énormément.

J'ai commencé alors ma vengeance sur de petits animaux que je martyrisais par plaisir. Tout en imaginant ma mère à leur place. Mais je bouillonnais chaque jour un peu plus.

Plus tard, j'ai su que c'était de sa faute, que c'était elle qui délirait. J'ai décidé de lui faire subir ce qu'elle m'avait fait. C'était une vieille folle.

– Mais comment peux-tu…

– La ferme ! Je n'ai pas terminé, cria Stéphane. Ma mère m'étouffait constamment. Je devais lui raconter toute ma vie, du collège et jusqu'au lycée. Tu comprends ce que ça veut dire ? Elle m'obligeait à tout lui décrire, même ce que je pensais. J'ai commencé à sortir et à me faire des amies, notamment une. C'était la seule personne à qui je pouvais confier mon enfer quotidien. On s'est vite rapprochés tous les deux. Un jour, nous étions ensemble chez ma mère et elle a débarqué sans prévenir. Oh ! Il ne s'est rien passé tout de suite, car ma mère était très forte pour ne rien laisser paraître quand il se passait quelque chose. Le lendemain, elle m'a demandé de faire mes valises, car nous devions partir. Elle ne pouvait pas supporter qu'une autre personne qu'elle partage ma vie. Je savais que ça allait recommencer. Je l'aimais, je l'aimais tellement cette fille !

– Stéphane, je suis désolée, souffla Lisa.

– Je l'ai attaquée dans son sommeil. J'ai essayé de l'assommer, mais la salope s'est réveillée. J'ai dû la frapper plusieurs fois pour la neutraliser. Chaque cri qu'elle poussait me donnait des forces. Je l'ai d'abord déshabillée pour l'humilier, puis je lui ai ligoté les mains dans le dos. Je l'ai traînée jusqu'à l'entrée. Je savais qu'elle adorait cette maison, alors pour lui faire plaisir, je l'ai emmurée vivante dans un petit cagibi à l'entrée du salon. Il commençait à pourrir à cause de l'humidité. Ma mère avait décidé de faire des travaux d'isolation, car des rats y avaient élu domicile. J'avais le matériel qu'il me fallait. Quelle chance ! Non seulement je me débarrassais de ma mère, mais en plus, c'était elle qui m'avait fourni les matériaux pour la faire disparaître !

– Mon Dieu, mais c'est atroce !

Lisa commençait à comprendre la nature de l'homme qui se trouvait en face d'elle et qui essayait de la tuer.

– J'ai alors décidé de laisser les rats pour qu'elle soit en bonne compagnie. Pour les exciter un peu, je lui ai entaillé les mollets. Quelle délicieuse musique que les cris qui perçaient à travers le mur ! Cela a duré quatre jours, quatre précieux jours de délectation. J'ai cherché en vain mon père plus tard, mais j'ai appris qu'il était mort d'une crise cardiaque. À cause de cette pute, je n'ai même pas pu lui dire au revoir !

– Mais Stéphane, jamais je ne te ferai ça ! Je t'aime, j'aime Nicolas aussi ! Nous formons une famille, lança-t-elle dans un sanglot.

– Ferme-la ! Tu es comme elle, vous êtes toutes les mêmes.

Il se rua vers elle avec encore plus de détermination.

Lisa l'esquiva de justesse et trébucha sur quelque chose.

Elle tomba. Le couteau qu'elle avait caché dans son dos glissa à terre à quelques mètres d'elle. Elle était désarmée.

Il chargea de nouveau. En position de faiblesse, elle ne pouvait que subir ce qui allait se passer. Il lui asséna d'abord un, puis deux et trois violents coups de pied dans le ventre, qui la brisèrent. Il s'assit sur elle et, de ses mains robustes, commença à l'étrangler.

Lisa suffoquait. Ses forces l'abandonnèrent.

Elle sentit le sang qui avait afflué dans son cerveau et qui maintenant restait bloqué par les deux mains.

Elle crut que sa tête allait éclater. Ses poumons, privés d'oxygène, étaient pris de violents soubresauts. Lisa sentit son cœur ralentir. Elle ne vit plus son agresseur, un voile blanc recouvrait progressivement ses yeux.

Elle pensa alors à ses parents, sa boutique, son fils et se sentit mourir lorsque la pression autour de son cou s'allégea. Elle recouvra la vue et vit que le couteau qu'elle avait perdu était planté dans le thorax de celui qui était en train de la tuer. Le sang commençait à couler. Stéphane, avec un air stupéfait, relâcha petit à petit son étreinte.

Il s'écroula comme une masse, le couteau encore planté au niveau du cœur s'élevant fièrement. Allongé sur le dos, le sang commença à imprégner le tissu clair de la chemise qu'il portait. La vue de ce sang déclencha un flash-back dans l'esprit de Lisa. Elle revit sur le sol de la boutique de ses parents la tache rougeâtre et visqueuse provenant du corps de ses parents.

Elle ne bougea plus pendant quelques instants. Les démons du passé resurgissaient, malgré ces quelques années de quiétude.

Lisa reprit difficilement sa respiration, dans un son rauque et sifflant.

Péniblement, elle se leva. Elle se traîna jusqu'à la voiture stationnée dans l'allée et s'efforça, malgré son émotion et les larmes qui l'empêchaient de voir distinctement, de conduire le mieux possible. L'automobile se dirigeait vers la maison de Calleja.

Celle-ci accueillit son amie dans un état d'épuisement et de panique.

– Lisa, mais qu'est-ce qu'il t'arrive ? Que se passe-t-il ? questionna-t-elle affolée.

Dans un effort presque surhumain, Lisa réussit à prononcer ces mots :

– Stéphane est mort !

Elle s'écroula. Calleja s'occupa de prévenir les secours.

EPILOGUE

Armont – juin

Le bruit des sirènes retentit, rejoint par le spectacle des gyrophares bleus. Une fois sur place, les forces de police se rendirent compte de la situation qui ne laissait place à aucun doute.

À la suite du récit de Lisa, le mur du salon s'écroula, démoli par les hommes en uniforme. Après avoir pris des clichés et effectué des relevés, ils découvrirent un corps presque momifié, noirci et desséché par les années. Les chevilles et les poignets du corps laissaient encore apparaître les liens posés des années auparavant par Stéphane.

L'agitation mêlée à cette histoire criminelle donnait l'impression à Lisa d'être dans un mauvais roman à suspense. Tout s'enchaînait sous ses yeux, mais elle se demandait si tout cela était réel.

Le cagibi dégageait des puanteurs insoutenables. Un mélange d'odeurs de putréfaction, de viande avariée et d'urine confinées pendant de nombreuses années. L'intérieur des murs, où était enfermé le cadavre, était recouvert de profondes traces de griffures. La mère de Stéphane avait dû gratter jusqu'au sang le mur fraîchement construit. Au sol, les enquêteurs découvrirent également quelques squelettes de petite taille.

Quant au hangar qui se situait à côté de la maison, les policiers firent des photographies et saisirent tout ce qu'il contenait. Ils repartirent avec le corps de Stéphane qui gisait sur le sol.

Au vu de ce qu'elle venait d'endurer, Lisa fut conduite aux urgences de l'hôpital afin d'être examinée. C'était la procédure.

Calleja rendit visite à Lisa à l'hôpital. Elle se débarrassa de la lourde histoire qu'elle venait de vivre.

– J'ai encore du mal à réaliser ce qui vient de se passer. Pourquoi a-t-il fait ça ? Pourquoi ?

– D'après ce que tu m'as dit, il nourrissait cette haine envers sa mère depuis de nombreuses années. Il a vécu et grandi dans ce ressentiment. Il t'a utilisée afin de reconstituer la famille qu'il n'a jamais eue, mais, à l'image de sa mère, tu ne faisais pas partie de cette famille et tu devais disparaître. Tu représentais un danger pour lui et sa future vie avec son fils.

Lisa regardait au loin à travers la fenêtre de sa chambre. Elle ne comprenait pas comment un être humain pouvait contenir autant de rage et de violence. Elle se demandait si le destin ne s'acharnait pas contre elle. Si tout compte fait la grande faucheuse ne cherchait pas à la récupérer. Maintenant qu'elle se retrouvait seule dans cette ville, elle eut la nostalgie de son ancienne vie. Rester à Armont l'aurait obligée à revivre chaque jour le drame qui venait de dérouler.

– Je vais rentrer à Paris. Mon ami Luc a conservé ma boutique. Pourquoi m'arrive-t-il tous ces malheurs ? D'abord mes parents qui disparaissent. Ensuite, Stéphane qui essaie de me tuer. Je dois être maudite.

Après quelques minutes de réflexion, Calleja lui répondit.

– Personne ne mérite ce que tu as vécu, Lisa.

Calleja avait proposé de l'héberger le temps qu'elle reprenne ses esprits, mais Lisa avait refusé. Il fallait qu'elle affronte ses démons, même s'il lui en coûtait beaucoup de revenir dans sa demeure. Lisa y avait passé tant de moments heureux. Elle y avait construit sa nouvelle vie, élevé son enfant et rencontré Calleja.

Lorsqu'elle arriva, elle scruta de loin l'endroit où elle avait failli mourir. Elle n'eut pas le courage de s'en approcher. Le hangar était toujours ouvert et la chaîne pendait sur une poignée de la porte.

Lisa déchira le cachet de cire posé par l'Officier de police judiciaire et ouvrit la porte. Bloquée à l'embrasure, elle n'arrivait plus à avancer. Elle se retrouvait là, coincée entre l'extérieur gelé et l'intérieur surchauffé. Brusquement, Lisa fut traversée par un courant d'air glacial qui venait de sa maison et partait vers l'extérieur.

Pétrifiée, elle se mit à trembler. Elle éclata en sanglots, seule, comme libérée d'un poids ou d'une présence qui ne voulait pas la quitter. Lisa parvint quand même à pénétrer à l'intérieur de la demeure et referma la porte.

Elle était dans l'incapacité d'expliquer tous les événements qui s'étaient produits lors de son face-à-face avec Stéphane. Avait-elle ressenti une présence ? Ou était-ce son esprit tourmenté qui avait arrangé certains éléments de la réalité ? Lisa n'en savait rien.

Elle n'y pensa plus, même si ce drame restait au fond de sa mémoire pour le restant de ses jours.

Elle devait maintenant préparer son futur retour à Paris. Avec Calleja, Lisa s'occupa de ressortir tous les cartons qui lui avaient servi autrefois et qu'elle avait conservés. Elle refusa de toucher les affaires de Stéphane. Calleja les mit près de l'entrée de la maison.

Elles seraient ramassées lors de la collecte des ordures.

– Voir une nouvelle fois toute sa vie réduite à quelques dizaines de cartons, c'est dur, déclara Lisa.

– Allons, c'est terminé, Lisa, murmura Calleja.

– Je sais, oui, mais c'est un tel gâchis. Tu te rends compte du temps et de la passion que j'ai investis ici. Pourquoi est-ce que c'est tombé sur moi ? Je ne demandais qu'à être heureuse. Et regarde ce qui vient de se produire. Je suis lasse de toutes ces horreurs. Je ne sais pas si je serai capable de me réinvestir dans quoi que ce soit un jour.

– Bien sûr que si. Et tu le sais. Tu es déprimée et tu viens de subir un choc terrible. Il est normal que tu penses de cette façon, mais regarde le côté positif : tu vas pouvoir prendre un nouveau départ et t'éloigner de tout ce que tu as pu vivre ici. De plus, tu n'es plus seule maintenant. Il y a Nicolas. Pense à lui et à son avenir.

Son départ ne fut pas difficile. Grâce à un contrat de succession qu'elle et Stéphane avaient passé, Lisa était devenue propriétaire de la maison qu'elle avait décidé de vendre.

Lisa repartit avec son fils à Paris, où elle retrouva son ancienne vie, ses anciennes habitudes ainsi que son ami Luc.

Une seule chose continua à hanter son esprit. Lors de son arrivée à Armont, elle avait senti auprès d'elle une présence qui ne l'avait quittée que lorsque Stéphane fut mort. Elle ne s'expliqua pas ce phénomène.

Manifestation de son esprit ou manifestation de l'esprit de la mère de Stéphane qui était restée enfermée dans cette maison durant tant d'années ?

… Ou simple hallucination ?